泉城文库

濟南出版社

傳世典籍叢書

〔宋〕李清照／撰

漱玉詞 漱玉集

圖書在版編目（CIP）數據
漱玉詞；漱玉集 / (宋) 李清照撰 . -- 濟南：濟南出版社，2024. 7. -- (傳世典籍叢書). -- ISBN 978-7-5488-6585-8
Ⅰ. I222.844
中國國家版本館 CIP 數據核字第 2024809HE5 號

漱玉詞　漱玉集
SHUYU CI　SHUYU JI
〔宋〕李清照 / 撰

出 版 人　謝金嶺
出版統籌　葛　生　張君亮
責任編輯　趙志堅　李文文
裝幀設計　戴梅海

出版發行　濟南出版社
地　　址　濟南市二環南路一號（250002）
總 編 室　0531-86131715
印　　刷　山東黄氏印務有限公司
版　　次　2024 年 7 月第 1 版
印　　次　2024 年 7 月第 1 次印刷
開　　本　160mm × 230mm　16 開
印　　張　16
書　　號　ISBN 978-7-5488-6585-8
定　　價　66.00 元

如有印裝質量問題　請與出版社出版部聯繫調换
電話：0531-86131736

《漱玉詞》出版説明

爲深入學習貫徹黨的二十大精神，認真落實習近平總書記關于推動中華優秀傳統文化創造性轉化、創新性發展的重要指示要求，貫徹落實濟南市委『强省會』戰略及全面提升城市軟實力、推動文化『兩創』工作的要求，濟南出版社推出濟南文脉整理與研究工程《泉城文庫》。《傳世典籍叢書》是《泉城文庫》之一種，包含歷史上有重大影響力的濟南先賢著述以及其他地區人士撰寫的有關濟南的重要著作，有着較高的學術研究價值，對我們傳承傳統文化、樹立文化自信具有重要的意義。

《漱玉詞》一卷，附《補遺》一卷、《附録》一卷，宋李清照撰，清王鵬運輯，清光緒十四年臨桂王氏家塾刻《四印齋所刻詞》本。前有光緒七年古黎陽端木采《四印齋重刊漱玉詞序》。清照號易安居士，濟南人，禮部員外郎格非女，翰林承旨諸城趙明誠妻。有才藻，工詩文，尤擅長短句。清人王士禛論宋詞，稱其與辛弃疾爲『濟南二安』，云：『婉約以易安爲宗，豪放唯幼安稱首。』其集宋元時頗爲流行，陳振孫《書録解題》載《漱玉詞》一卷，又云『别本作五卷』；黄昇《花庵詞選》則稱『《漱玉詞》三卷』；《宋史·藝文志》載《易安居士文集》七卷、《易安詞》六卷：今皆不傳。現存詩文集、詞集，皆後人所輯。明末毛晋汲古閣刻《漱玉詞》一卷，所據爲洪武三年抄本，僅詞十七闋，附以《金石録後序》一篇；《四庫全書》據以抄録，提要云：『清照以一婦人，而詞格乃抗軼周、柳，張端義《貴耳集》極推其元宵詞《永遇樂》、秋詞《聲聲慢》，以爲「閨閣有此文筆，殆爲間氣」，良非虚美。雖篇帙無多，固不能不寶而存之，爲詞家一大宗矣。』此四印齋本，乃晚清詞人臨桂王鵬運（字幼霞，號半塘）所輯，收詞凡五十闋；又補遺七首，間有互見他人之作；《附録》一卷，則輯録俞正燮《易安居士事輯》及諸家書跋、評論也。其搜羅之富，較前此諸本爲勝；且核之前者所收，文字亦多有异同，頗可據爲校勘之資。此書又有復旦大學圖書館藏清莫友芝家抄本、南京圖書館藏清抄本（清丁丙跋），及清光緒二十七年海豐吴氏刻《吴氏石蓮庵刻山左人詞》本（附清王鵬運輯《附録》《補遺》），《校輯宋金元人詞》《文藝小叢書》《叢書集成初編》等叢書亦有收録；近人輯録者，如中華書局版《李清照集》、人民文學出版社版《李清照集校注》最爲流行，讀者可相互參看。

濟南出版社
二〇二四年七月

《漱玉集》出版説明

爲深入學習貫徹黨的二十大精神，認真落實習近平總書記關于推動中華優秀傳統文化創造性轉化、創新性發展的重要指示要求，貫徹落實濟南市委『强省會』戰略及全面提升城市軟實力、推動文化『兩創』工作的要求，濟南出版社推出濟南文脉整理與研究工程《泉城文庫》。《傳世典籍叢書》是《泉城文庫》之一種，包含歷史上有重大影響力的濟南先賢著述以及其他地區人士撰寫的有關濟南的重要著作，有着較高的學術研究價值，對我們傳承傳統文化、樹立文化自信具有重要的意義。

《漱玉集》五卷，宋李清照撰，李文禬輯并附所編《易安居士年譜》一卷，一九三一年北京冷雪盦排印本。前有一九二三年順德黄節序及一九三〇年李文禬自序、引用書目、易安居士像贊及題詞、易安居士年譜。卷一文存，凡五篇；卷二詩存，凡十八首；卷三、卷四詞存，凡八十首；卷五外編，則志傳、辨誣、書跋、軼事、詩詞話、題咏之屬也。

末有薩雪如跋。李文裿，字泠衷，大興人，供職于國立北平圖書館。一九二二年輯成是書，一九二七年付諸鉛槧。其後又旁搜群籍，于寫本《全芳備祖》中得《鷓鴣天》一首，从《歲時廣記》中得逸句若干，并其他遺事及詩詞文評數十則，遂重爲詮次，再付鉛槧。所收之詞，以王鵬運四印齋本相校，復增三十首。王鵬運所輯，據《梅苑》《樂府雅詞》《花草粹編》《全芳備祖》《詞統》諸書；而此本得自《梅苑》《花草粹編》《詞統》者，又多爲王鵬運所未采。蓋王鵬運所據諸書，尚非全本也。此書所輯雖富，然所增者亦不乏抄自選本中無名氏之作，殊不足據。總而觀之，易安之詩文詞以及遺聞斷句靡不備于是編，且根據諸書詳加校勘，注其异同，用備考核，并編《年譜》冠之卷首。雖不能盡復舊觀，然欲研討易安之事迹及文學成就者，得此亦可知其梗概矣。

濟南出版社

二〇二四年七月

目録

漱玉詞

易安居士三十一歲之照

漱玉詞

一

四印齋

清麗其詞端莊
其品歸去来兮
真堪偕隱

政和甲午新秋德父題
於歸来堂

四印齋重刊漱玉詞序

蛾眉見疾謠諑謂以善淫驥足籋雲駑駘誣其亞駕有宋以降無稽競鳴燈籠織錦潞國蒙譏屏角蘇錢歐公受謗青蠅玷璧赤舌燒天越在偏安益煽騰說禮法如朱子而有帷薄穢汙之聞忠勇如岳王而有受詔逗遛之譖矧茲閨閣詎免讒言易安以筆飛鸞聳之才際紫色蛙聲之會將杭作汴牘水殘山公卿容頭而過身世事跋胡而疐尾而乃鏘洋文史跌宕詞華頡舜麻之靈長仰堯天之巍蕩思渡淮水志殲佛貍風塵懷京洛之思已增時忌金帛止翰林之賜

益怒朝紳宜乎飛短流長變白爲黑誣義方之鬪彦爲潦倒之夫娘壺可爲臺有類鹿馬之指敵將作訟何殊薏珠之寃此義士之所拊心貞媛之所扼腕者也

聖朝章志貞教發潛闡幽墻撼樹之蚍蜉蕩含沙之虺蜮凡在佔畢濡毫之彦咸以彰善闡惡爲心是以黟山俞理初先生著癸巳類稿既爲昭雪于前吾鄉金偉軍先生壬戌申詞壇復用參稽于後皆援志乘尚論古人事有據依語殊鑿空吾友幼霞閣讀家擅學林人游萩圃汲華劉井擢秀謝庭偶繙漱玉之詞

深恫爍金之謬將刊專集藉雪厚誣以僕同心屬爲
弁首嗚呼察詞于差論古貴識三至讒亟終啟投杼
之疑十香詞淫竟種焚椒之禍所期掃土力埽妄言
如吾子之用心恨古人之不見苕華琢玉允光淑女
之名漆室鉏幽齊下貞姬之拜光緒七年正月古黎
陽端木埰子疇序

漱玉詞

宋　濟南　李清照　易安

南歌子

天上星河轉人間簾幕垂涼生枕簟淚痕滋起解羅衣聊問夜何其　翠貼蓮蓬小金銷藕葉稀舊時天氣舊時衣只有情懷不似舊家時

轉調滿庭芳

芳草池塘綠陰庭院晚晴寒透窗紗□□金鎖管是客來唦寂寞樽前席上惟□□海角天涯能留否酴醿落盡猶賴有□□　當年曾勝賞生香薰袖活火

分茶口口龍嬌馬流水輕車不怕風狂雨驟恰才稱
煮酒殘（別作殘）花如今也不成裹抱得似舊時那

漁家傲

天接雲濤連曉霧星河欲轉千帆舞彷彿夢魂歸帝
所聞天語殷勤問我歸何處　我報路長嗟日暮學
詩謾有驚人句九萬里風鵬正舉風休住蓬舟吹取
三山去

如夢令

常記溪亭日暮沈醉不知歸路興盡晚回舟誤入藕
花深處爭渡爭渡驚起一灘鷗鷺

又

昨夜雨疎風驟濃睡不消殘酒試問捲簾人卻道海棠依舊知否知否應是綠肥紅瘦

多麗　詠白菊

小樓寒夜長簾幕低垂恨瀟瀟無情風雨夜來揉損瓊肌也不似貴妃醉臉也不似孫壽愁眉韓令偷香徐娘傅粉莫將比擬未新奇細看取屈平陶令風韵正相宜微風起清芬醞藉不減酴醾　漸秋闌雪清玉瘦向人無限依依似愁凝漢臯解佩似淚灑紈扇題詩朗月清風濃烟暗雨天教憔悴度芳姿縱愛惜

不知從此留得幾多時人情好何須受憶澤畔東籬

菩薩蠻

風柔日薄春猶早夾衫乍著心情好睡起覺微寒梅花鬢上殘　故鄉何處是忘了除非醉沈水卧時燒香消酒未消

又

歸鴻聲斷殘雲碧背窗雪落爐烟直燭底鳳釵明釵頭人勝輕　角聲催曉漏曙色回牛斗春意看花難西風留舊寒

浣溪紗

莫許盃深琥珀濃未成沈醉意先融□□已應晚來風　瑞腦香消魂夢斷辟寒金小髻鬟鬆醒時空對燭花紅

又

小院閒窗春色深重簾未捲影沈沈倚樓無語理瑤琴　遠岫出山催薄暮細風吹雨弄輕陰梨花欲謝恐難禁

又

淡蕩春光寒食天玉鑪沈水裊殘烟夢回山枕隱花鈿　海燕未來人鬥草江梅已過柳生綿黃昏疎雨

溼秋千

鳳凰臺上憶吹簫

香冷金猊被翻紅浪起來人未（別作慵自）梳頭任寶奩閒掩（別作塵滿）日上簾鉤生怕閒愁暗恨（別作離懷別苦）多少事欲說還休今年（別作新來）瘦非干病酒不是悲秋　明朝（別作休休）這回去也千萬遍陽關也卽（別作則）難留念武陵春晚（別作人遠）雲鎖重樓（別作烟鎖秦樓）記取（別作惟有）樓前緑（別作流）水應念我終日凝眸凝眸處從今又數幾段（別作又添一段）新愁

一翦梅

紅藕香殘玉簟秋輕解羅裳獨上蘭舟雲中誰寄錦書來雁字回時月滿西一本無西字樓　花自飄零水自流一種相思兩處閒愁此情無計可消除才下眉頭卻上心頭

蝶戀花

淚溼羅衣脂粉滿別作淚揾征衣脂粉暖　四疊陽關唱到千千遍人道山長山又斷瀟瀟微雨聞孤館　惜別傷離方寸亂忘了臨行酒盞深和淺好把別作有　音書憑過雁東萊不似蓬萊遠

又

暖雨晴風初破凍柳眼梅腮已覺春心動酒意詩情誰與共淚融殘粉花鈿重　乍試夾衫金縷縫山枕斜欹枕損釵頭鳳獨抱濃愁無好夢夜闌猶翦燈花弄

鷓鴣天

寒日蕭蕭上鎖窗梧桐應恨夜來霜酒闌更喜團茶苦夢斷偏宜瑞腦香　秋已盡日猶長仲宣懷遠更淒涼不如隨分樽前醉莫負東籬菊蕊黃

小重山

春到長門春草青江梅些子破未開勻碧雲籠碾玉

成塵留曉夢驚破一甌春　花影壓重門疎簾鋪淡
月好黄昏二年三度負東君歸來也著意過今春

怨王孫

湖上風來波浩渺秋已暮紅稀少水光山色與人親
說不盡無窮好　蓮子已成荷葉老青露洗蘋花汀
草眠沙鷗鷺不囘頭似也恨人歸早

臨江仙

庭院深深深幾許雲窗霧閣常扃柳梢梅萼漸分明
春歸秣陵樹人老建康城　感月吟風多少事如今
老去無成誰憐憔悴更彫零試燈無意思踏雪沒心

情

醉花陰

薄霧濃雲愁永晝瑞腦消金獸佳節又重陽玉枕紗厨半夜涼初透　東籬把酒黃昏後有暗香盈袖莫道不消魂簾捲西風人比（別作似）黃花瘦

好事近

風定落花深簾外擁紅堆雪長記海棠開後正是傷春時節　酒闌歌罷玉樽空青釭暗明滅魂梦不堪幽怨更一聲啼鴂（此詞上段末句是字疑衍）

訴衷情（案訴衷情有單調有雙調此詞名訴衷情令一名漁父家風張元幹嚴仁皆同）

夜來沈醉卸粧遲梅萼插殘枝酒醒熏破惜春夢遠又不成歸 人悄悄月依依翠簾垂更挼殘蕊更撚餘香更得些時案訴衷情有單調有雙調皆與此詞不同惟訴衷情令相合但前段第三句六字第四句五字此詞前段五句下三句皆作四字一句較譜多一字或傳寫誤增或當時本有此體然宋人無如此填者姑注俟攷○遲案酒醒三句毛鈔本花草粹編並作酒醒熏破春睡夢斷不成歸

行香子

草際鳴蛩驚落梧桐正人間天上愁濃雲階月地關鎖千重縱浮槎來浮槎去不相逢 星橋鵲駕經年才見想離情別恨難窮牽牛織女莫是離中甚霎兒晴霎兒雨霎兒風案以上二十三首樂府雅詞本

壺中天慢

蕭條庭院又斜風細雨重門須閉寵柳嬌花寒食近種種惱人天氣險韵詩成扶頭酒醒別是閒滋味征鴻過盡萬千心事難寄　樓上幾日春寒簾垂四面玉闌干慵倚被冷香消新夢覺不許愁人不起清露晨梳新桐初引多少游春意日高煙斂更看今日晴未

武陵春

風住塵香花已盡日晚倦梳頭物是人非事事休欲語淚先流　聞說雙溪春尚好也擬泛輕舟只恐雙

溪舴艋舟載不動許多愁

聲聲慢

尋尋覓覓冷冷清清悽悽慘慘戚戚乍暖還寒時候最難將息三杯兩盞淡酒怎敵他晚來風急雁過也正傷心卻是舊時相識　滿地黃花堆積憔悴損如今有誰堪摘守著牕兒獨自怎生得黑梧桐更兼細雨到黃昏點點滴滴這次第怎一箇愁字了得

添字采桑子　芭蕉

窗前種得芭蕉樹陰滿中庭陰滿中庭葉葉心心舒卷有餘情　傷心枕上三更雨點滴淒清點滴淒清

愁損離人不慣起來聽

攤破浣溪紗

病起蕭蕭兩鬢華卧看殘月上牕紗豆蔻連梢煎熟水莫分茶　枕上詩篇閒處好門前風景雨來佳終日向人多醖藉木樨花

清平樂

年年雪裏常插梅花醉挼盡梅花無好意贏得滿衣清淚　今年海角天涯蕭蕭兩鬢生華看取晚來風勢故應難看梅花

點絳唇

蹴罷秋千起來慵整纖纖手露濃花瘦薄汗輕衣透見有人來韈剗金釵溜和羞走倚門回首却把青梅齅

又

寂寞深閨柔腸一寸愁千縷惜春春去幾點催花雨倚徧闌干祇是無情緒人何處連天芳樹望斷歸來路

生查子

年年玉鏡臺梅蕊宮妝困今歲不歸來怕見江南信酒從別後疎淚向愁中盡遙想楚雲深人遠天涯

近

慶清朝慢

禁幄低張雕闌巧護就中獨占殘春容華澹泞綽約俱見天眞待得羣花過後一番風露曉妝新妖嬈態妒風咲月長殢東君　東城邊南陌上正日烘池館競走香輪綺筵散目誰人可繼芳塵更好明光宮裏幾枝先向日邊勻金樽倒拚了畫燭不管黃昏

滿庭芳　殘梅

小閣藏春閑窗鎖晝畫堂無限深幽篆香燒盡日影下簾鉤手種江梅漸好又何必臨水登樓無人到寂

寥恰似何遜在揚州　從來知韵勝難禁雨藉不耐
風揉更誰家橫笛吹動濃愁莫恨香消玉減須信道
埽跡別作跡埽情留難言處良宵淡月疏影尚風流

御街行

藤牀紙帳朝眠起說不盡無佳思沉香烟斷玉鑪寒
伴我情懷如水笛聲三弄梅心驚破多少春情意
小風疏雨瀟瀟地又催下千行淚吹簫人去玉樓空
腸斷與誰同倚一枝折得人間天上沒箇人堪寄

青玉案

征鞍不見邯鄲路莫便匆匆歸去秋正蕭條何以度

明牕小酌暗燈清話最好流連處　相逢各自傷遲
暮獨把新詩誦奇句鹽絮家風人所許如今憔悴但
餘雙淚一似黃梅雨

采桑子

晚來一陣風兼雨洗盡炎光理罷笙簧卻對菱花淡
淡妝　絳綃縷薄冰肌瑩雪膩酥香咲語檀郎今夜
紗幮枕簟涼此闋詞意膚淺不類易安手筆

浣溪紗

繡幕芙蓉一咲開斜偎寶鴨襯香腮眼波才動被人
猜　一面風情深有韻半牋嬌恨寄幽懷月移花影

約重來此尤不類明明是淑真月上柳梢人約黃昏詞意蓋既汙淑真又汙易安也

又

樓上晴天碧四垂樓前芳草接天涯傷心莫上最高梯　新筍已成堂下竹落花都入燕巢泥忍聽林表杜鵑啼

又

髻子傷春懶更梳晚風庭院落梅初淡雲來往月疏疎　玉鴨熏鑪閒瑞腦朱櫻斗帳掩流蘇通犀還解辟寒無

怨王孫

夢斷漏悄愁濃酒惱寶枕生寒翠屏向曉門外誰掃
殘紅夜來風　玉簫聲斷人何處春又去忍把歸期
負此情此恨此際擬托行雲問東君

又

帝里春晚重門深院草綠堦前暮天雁斷樓上遠信
誰傳恨緜緜　多情自是多沾惹難拚捨又是寒食
也秋千巷陌人靜皎月初斜浸梨花

浪淘沙

素約小腰身不耐傷春疏梅影下晚粧新裊裊婷婷
何樣似一縷輕雲　歌巧動朱唇字字嬌嗔桃花深

徑一通津悵望瑤臺清夜月還照歸輪

又

簾外五更風吹夢無蹤畫樓重上與誰同記得玉釵斜撥火寶篆成空　回首紫金峰雨潤烟濃一江春水醉醒中留得羅襟前日淚彈與征鴻

殢人嬌

玉瘦香濃檀深雪散今年恨探梅又晚江樓楚館雲閒水遠清晝永凭闌翠簾低捲　坐上客來樽中酒滿歌聲共水流雲斷南枝可插更須頻翦莫直待西樓數聲羌管

漁家傲

雪裏已知春信至寒梅點綴瓊枝膩香臉半開嬌旖旎當庭際玉人浴出新妝洗　造化可能偏有意故教明月玲瓏地共賞金尊沉綠蟻莫辭醉此花不與羣花比

臨江仙

庭院深深深幾許雲牕霧閣春遲爲誰憔悴瘦芳姿夜來清夢好應是發南枝　玉瘦檀輕無限恨南樓羌管休吹濃香開盡有誰知暖風遲日也別到杏花時此首亦疑有僞似借前臨江仙調櫽括爲之者

蝶戀花

永夜懨懨歡意少空夢長安認取長安道爲報今年春色好花光月影宜相照　隨意杯盤雖草草酒美梅酸恰稱人襟抱醉裏插花花莫笑可憐春似人將老

玉樓春　紅梅

紅酥肯放瓊瑤碎探著南枝開遍未不知醖藉幾多時但見包藏無限意　道人憔悴春牕底悶損闌干愁不倚要來小看便來休未必明朝風不起

永遇樂

落日鎔金暮雲合璧人在何處染柳烟濃吹梅笛怨春意知幾許元宵佳節融和天氣次第豈無風雨來相召香車寶馬謝它酒朋詩侶　中州盛日閨門多暇記得偏重三五鋪翠冠兒撚金雪柳簇帶爭濟楚如今憔悴風鬟霧髩怕見夜間出去見別作向又作怕向花間重去不如向簾兒底下聽人咲語

漱玉詞

補遺

易安詞刻輯於辛巳之春所據之書無多疏漏久知不免己丑夏日況夔笙舍人校刻斷腸詞因以此集屬爲校補計得詞七首間有互見它人之作悉行坿入吉光片羽雖界在疑似亦足珍也半塘老人記

減字木蘭花 見汲古閣未刻本及花草粹編

賣花擔上買得一枝春欲放泪點別作染輕勻猶帶彤霞曉露痕　怕郎猜道奴面不如花面好雲鬢斜先徒要教郎比竝看

攤破浣溪沙 見汲古閣未刻本及花草粹編

揉破黃金萬點明別作輕翦成碧玉葉層層風度精神

如彥輔太別作大鮮明　梅蕊重重何俗甚丁香千結苦麤生熏透愁人千里夢卻無情

瑞鷓鴣　雙銀杏○見花草粹編

風韻雍容未甚都尊前甘橘可爲奴誰憐流落江湖上玉骨仌肌未肯枯　誰教並蒂連枝摘醉後明皇倚太眞居士擘開眞有意要吟風味兩家新

如夢令　見詞統一作向豐之

誰伴明窗獨坐我共影兒兩箇燈盡欲眠時影也把人拋躲無那無那好箇悽惶的我

菩薩蠻　見詞統一作牛嶠

綠雲鬢上飛金雀愁眉翠斂春煙薄香閣掩芙蓉畫屏山幾重　牕寒天欲曙猶結同心苣啼粉污羅衣問郎何日歸

品令　見汲古閣未刻本及花草粹編一作曾公袞

零落殘紅恰渾別無恰渾二字似燕脂別脂下有顏字色一秊春事柳飛輕絮筍添新竹寂寞幽閨坐別無閨坐二字對小園嫩綠　登臨未足悵游子歸期促宅秊魂夢別作夢魂千里猶到城陰溪曲應有凌波時爲故人畱別作凝目

玉燭新　見梅苑一作周美成

溪源新臘後見幾朵江梅裁翦別作翦裁初就暈酥砌別作

破玉芳英嫩故把春心輕漏苒郵昨夜想弄月黃昏時候孤岸峭疏影橫斜濃香暗沾襟褏　尊苒賦與多才問別作向　嶺外風光故人知否壽陽謾鬬終不似照水一枝清瘦風嬌雨秀好別本好下有亂字　插繁華盈首須信道羌篴別作筦　無情看看又奏

憶秦娥 詠桐　見全芳備祖

臨高閣亂山平野烟光薄烟光薄栖雅歸後莫天聞角　斷香殘酒情懷惡□□催襯梧桐落梧桐落又還秌色又還寂莫案毛鈔本尚有鷓鴣天枝上流鶯一闋青玉案一季春事一闋註云艸堂作少游永叔而秦歐集無今案此二闋別本無作李詞者當是秦歐之作且膾炙人口故未附錄

坿錄

易安居士事輯 癸巳類槀 黟 俞正燮 理初

易安居士李清照宋濟南人父格非母王狀元拱辰孫女皆工文章宋史文苑傳居歷城城西南之栁絮泉上古權堂集有栁絮泉訪李易安故宅詩據齊乘栁絮泉在金線泉東易安幼有才藻元符二年年十八適太學生諸城趙明誠明誠父挺之時爲吏部侍郎格非爲禮部員外郎俱宋史明誠幼夢誦一書曰言與司合安上已脫芝芙草拔之曰此離合字詞女之夫也結縭未久明誠出遊易安意殊不忍别書一剪梅詞於錦帕送之曰紅藕香殘玉簟

秋輕解羅裳獨上蘭舟雲中誰寄錦書來雁字迴時月滿樓花自飄零水自流一種相思兩處閒愁此情無計可消除才下眉頭却上心頭瑯嬛記草堂詩餘俱如此詩餘圖譜前段秋字句輕解羅裳作一句月滿下有西字易安有小令云昨夜風疏雨驟濃睡不消殘酒試問卷簾人却道海棠依舊知否知否應是綠肥紅瘦苕溪漁隱叢話壺中天謾云寵柳嬌花寒食近種種惱人天氣黃暘評其秋詞聲聲謾云守定窗兒獨自怎生得黑黑字眞不許第二人押也詞云尋尋覓覓冷冷清清悽悽慘慘寂寂一下十四疊字後又云梧桐更兼細雨到黃昏點點滴滴貴耳集云是晚年作

非也又嘗以重陽醉花陰詞函致明誠明誠思勝之一
切謝客廢寢忘食者三日夜得五十餘闋雜易安作
以示友人陸德夫德夫玩誦再三曰有三句乃絶佳
明誠詰之曰莫道不消魂簾捲西風人比黃花瘦政
易安作也易安之論曰唐開元天寶間李八郎者能
歌擅天下時新及第進士開宴曲江榜中一名士先
召李使易服隱姓名衣冠故敝精神慘沮與之宴所
曰表弟願與坐末衆皆不顧既酒行樂作歌者進以
曹元念謙爲冠歌罷衆皆咨嗟稱賞名士忽指李曰
請表弟歌衆皆哂或有怒者及轉喉發聲歌一曲衆

皆泣下起曰此必李八郎也自後鄭衛聲熾流靡煩
變有菩薩蠻春光好莎雞子更漏子浣溪沙夢江南
漁父等詞不可偏舉五代時江南李氏獨尚文雅有
小樓吹徹玉笙寒之句及吹皺一池春水語雖甚奇
所謂亡國之音哀以思也本朝柳屯田永變舊聲作
新聲出樂章集大得聲稱於世雖協音律而詞語塵
下又有張子野宋子京兄弟沈唐元絳晁次膺輩繼
出雖時時有妙語而破碎何足名家至晏丞相歐陽
永叔蘇子瞻學際天人作爲小歌詞直如酌蠡水於
大海然皆句讀不葺之詩耳又往往不協音律蓋詩

文分平側而歌詞分五音又分六律又分清濁輕重且如近世所謂聲聲慢雨中花喜遷鶯既押平聲又押入聲玉樓春平聲又押上去聲又押入聲其本押側韻者如本上聲協押入聲則不可通矣（謂本平可通側不拘上去入若本側則上去入不可相通）王介甫曾子固文章似西漢若作小歌詞則人必絶倒不可讀也乃知詞別是一家知之者少後晏叔原賀方回黃魯直出始能知之而晏苦無鋪叙賀苦少典重秦少游專主情致而少故實譬如貧家美女雖極妍麗丰逸而終乏富貴態黃即尚故實而多疵病譬如良玉有瑕價自減半矣（以上皆漁

隱叢話

易安譏彈前輩既中其病老學庵筆記而詞日益工

李趙宦族然素貧儉每朔望明誠太學謁告出質衣取半千錢步入相國寺市碑文果實歸夫妻相對展玩咀嚼嘗自謂葛天氏之民也後二年明誠出仕宦挺之爲宰相居政府親舊在館閣者多有亡詩逸史汲冢魯壁所未見之書盡力傳寫或古今名人書畫三代奇器質衣物市之崇寗時有人持徐熙牡丹圖求錢二十萬留信宿計無所出卷還之夫婦相對惋悵者數日金石錄後序

挺之在徽宗時易安進詩曰炙手可熱心可寒挺之排元祐黨人甚力格非以黨籍罷

易安上詩挺之曰何況人間父子情讀者哀之郡齋讀書志嘗和張文潛浯溪中興頌碑詩曰五十年功如電埽華清花柳咸陽草五坊供奉鬬雞兒酒肉堆中不知老胡兵忽自天上來逆胡亦自姦雄才勤政樓前走胡馬珠翠蹋盡香塵埃六師出戰輒披靡前致荔支馬多死堯功舜德誠如天安用區區紀文字著碑刻銘眞陋哉乃令神鬼磨山崖子儀光弼不自猜天心悔禍人心開夏爲殷鑒當深戒簡策汗青今具在君不見當時張說最多機雖生已被姚崇賣又和曰君不見驚人廢興唐天寶中興碑上今生草不知負

國有姦雄但說成功尊國老誰令妃子天上來號秦韓國皆仙才苑中羯鼓玉方響春風不敢生塵埃姓名誰復知安史健兒猛將安眠死去天尺五抱龔峰峰頭鑿出開元字時移勢去眞可哀姦人心魄深如崖西蜀萬里尙能返南內一閉何時開可憐孝德如天大反使將軍稱好在嗚呼奴輩胡不能道輔國用事張后專祇能道春薺長安作斤賣清波雜志寒夜錄春薺長安作斤賣乃高力士詩易安自少年兼有詩名才力華贍逼近前輩碧雞漫志傳誦者詩情如夜鵲三繞未能安少陵也是可憐人更待明年試春草風月堂詩話世又傳兩漢本繼

紹新室如贅疣所以嵇中散至死薄殷周以爲佳境（朱子游藝論引評）又春殘詩云春殘何事苦思鄉病裏梳頭恨髮長梁燕語多終日在薔薇風細一簾香（彤管遺篇）明誠後屏居鄉里十年衣食有餘及起知青萊二州皆政簡日事鉛槧易安與共校勘作金石錄考證精鑿多足正史書之失每獲一書卽校勘整集籤題得書畫彝鼎摩玩舒卷指摘疵病夜盡一燭爲率所藏紙札精緻字畫完整冠諸收書家易安性强記每飯罷與明誠坐歸來堂烹茶指堆積書史言某事在某書幾卷幾葉幾行以中否決勝負爲飲茶先後中卽舉

杯往往大笑茶傾覆懷中反不得飲而起其收藏既富歸來堂起書庫大櫥簿甲乙置書冊當講讀即請鑰上簿關出卷帙或少損汙必懲責揩完塗改又置副本便繙討書史百家字不刓本不誤謬者常兼三四本皆精絕家傳周易左氏春秋兩家文籍尤備几案羅列枕藉意會心謀目注神授樂在聲色狗馬之上靖康二年春（金石錄後序作建炎丁未是年五月始爲建炎今改之）明誠奔母喪於金陵（金石錄後序作建康其名建炎三年始改今從其初）半棄所藏其年十二月金人陷青州火其書十餘屋建炎二年明誠起復知江寧府（以上皆金石錄後序亦作建康蓋追稱之今改）後序易安

自南渡以後常懷京洛舊事元宵賦永遇樂詞曰落日鎔金暮雲合璧又曰染柳煙輕吹梅笛怨春意知幾許後疊曰於今憔悴風鬟霜鬢怕向花間重去貴耳集　在江寧日每值天大雪卽頂笠披蓑循城遠覽得句必邀賡和明誠每苦之清波雜志　三年明誠罷將家於贛水金石錄後序　四月高宗如江寧五月改爲建康府宋史紀　後序云至行在又言弊事故依史實其地　詔明誠知湖州明誠赴行在感暑店發易安自明誠赴召時暫住池陽得病信解纜急東下至建康病已危八月明誠卒金石錄後序　易安爲文祭之有曰白日正中歎龐公之機敏堅城自墮

憐杞婦之悲深四六談麈祭文唐人俱用駢體官祭文亦
不用韻也閏八月高宗如臨安宋史紀易安既葬明誠
乃遣送書籍於洪州易安欲往洪初學士張飛卿者
於明誠至行在時以玉壺示明誠語久之仍攜壺去
時建康置防秋安撫使擾攘之際或疑其饋璧北朝
也言者列以上聞或言趙張皆當置獄易安方大病
僅存喘息欲往洪不能聞玉壺事大懼金石錄後序十一
月盡以其家所有赴越州行在投進而高宗已奔明
州宋史金石錄後序時中書舍人綦崇禮左右之宋史拔雲麓漫鈔云
徽猷閣直學士沈該翰苑題名壁記云綦崇禮建炎
四年五月以吏部侍郎兼權直院十月除徽猷閣直

學士知漳州則學士在明年十月且啟云內翰承旨故從宋史本傳稱中書舍人事解清照
以與綦舊親情作啟謝之曰清照素習義方粗明詩
禮近因疾病欲至膏肓牛蟻不分灰釘已具豈期末
事乃得上聞取自宸衷付之廷尉序欲投進家器曰
抵雀捐金利當安往將頭碎璧失固可知實自繆愚
分知獄市序綦爲解釋曰內翰承旨搢紳望族冠蓋
清流日下無雙人間第一奉天收復本緣陸贄之詞
淮蔡底平共傳昌黎之筆哀憐無告義同解驂越石父事
戴感洪恩事眞出己知瑩事故茲白首得免丹書序頌
金事無形迹曰雖南山之竹豈能窮多口之談惟智

者之言可以止無根之謗據雲麓漫鈔綦字叔一作存厚高
密人也宋史十二月金人破洪州易安所寄輜重盡失
遂往台州依其弟敕局刪定官李迒泛海由章安輾
轉至越州四年放散百官遂偕迒至衢金石錄後序時綦
崇禮以徽猷閣直學士知漳州翰苑題名壁記建炎以來繫年要錄紹
興元年易安之越二年之杭年五十有一矣作金石
錄後序曰右金石錄三十卷趙侯德甫所著書也取
上自三代下迄五季鐘鼎甗鬲盤匜尊敦之款識豐
碑大碣顯人晦士之事迹凡見於金石刻者二千卷
皆是正譌謬去取褒貶上足以合聖人之道下足以

訂史氏之失者皆載之可謂多矣嗚呼自王播元載之禍書畫與胡椒無異長輿與元凱之病錢癖與傳癖何殊名雖不同其爲惑則一也本書又自序遭離變故本末甚悉容齋四筆曰靖康丙午歲侯守淄川聞金人犯京師四顧茫然書畫溢箱篋且戀戀且悵悵知必不爲已物矣建炎丁未春三月五月始爲建炎此追溯之號奔太夫人喪南來謂江甯既長物不能盡載乃先去書之重大印本者又去畫之多幅者又去古器之無款識者後又去書之有監板者畫之平常者器之重大者凡屢減去尚載書十五車至東海連艫渡淮至建康亦追稱

時青州故第尙鎖書册什物用屋十餘間期明年春具舟載之十二月金人陷青州遂爲灰燼戊申九月侯起復知建康己酉三月罷具舟上蕪湖入姑孰將卜居於贛水上五月至池陽被旨知湖州過闕上殿（建康爲行在）遂住家池陽獨赴召六月十三日負擔舍舟坐岸上葛衣岸巾精神如虎目光爛爛射人望舟中告别余意甚惡呼曰忽傳聞城中緩急柰何戟手遥應曰從衆必不得已先去輜重次衣服次書册卷軸次古器獨所謂宗器者自抱負與身存亡勿忘也遂馳馬去途中奔馳冒大暑感疾至行在病痁七月末

書報卧病余驚怛念侯性素急奈何病痞或熱必服寒藥疾可憂遂解舟下一日夜行三百里比至果大服茈胡黃芩瘧且痢病危在膏肓余悲泣倉皇不忍問後事八月十八日遂不起取筆作詩絶筆而逝殊無分香賣履之態葬畢余無所之時朝廷已分遣六宮宋史言七月隆祐太后如洪州宮人從之又傳江當禁渡宋史言閏八月杜充守建康韓世忠守鎮江劉光世守池州後光世移屯江州猶有書二萬餘卷金石刻二千卷器皿裀褥可符百客他長物稱是余又大病僅存喘息事勢日迫念侯有妹壻任兵部侍郎從衛在洪州從衛六宮遂遣二故吏先部送行李往投之十二

月金人陷洪州遂盡委棄獨余少輕小卷軸書帖寫本李杜韓柳集世說鹽鐵論漢唐石刻副本數十軸三代鼎彝十數事又唐寫本書十數册偶病中把玩在卧內者獨存上江既不可往又虜勢叵測有弟迒任敕局删定官遂往依之到台台守已遁（此建炎四年事）之剡出睦棄衣被走黃巖雇舟入海奔行朝時駐蹕章安（台州府治西南章安市謂舟次於此自此之溫）從御舟之溫又之越庚戌（四年）十二月放散百官（百官自便不扈從謂自郞官以下）遂之衢（以上建炎四年以前事）紹興辛亥（元年）三月復赴越壬子（二年）又赴杭（以上紹興二年事作後序年也此下復記建炎三年事）先侯病亟時（建炎三年八月）有張

飛卿學士攜玉壺過示侯復攜去其實珉也不知何人傳道妄言有頒金之語或言有密論列者余大惶怖不敢言亦不敢遂已盡將家中所有銅器等物欲赴外廷投進到越已幸四明（建炎三年十二月）不敢留家中並寫本書寄剡（此建炎四年事）後官軍收叛卒取去聞盡入李將軍家惟有書畫硯墨六七簏常在卧榻下手自開合在會稽卜居士民鍾氏宅忽一夕穿壁負五簏去（此紹興元年事）余悲慟不欲活立重賞收贖後二日鄰人鍾復晧出十八軸求賞故知其盜不遠萬計求之其餘遂牢不可出今盡爲吳說運使賤價得之所餘一

二賤零不成部帙書冊三數種平平書帖猶復愛惜如護頭目何愚也耶今開此書如見故人因憶侯在東萊靜治堂裝卷初就芸籤縹帶束十卷作一帙每日晚吏散輒校勘二卷題跋一卷此二千卷有題跋者五百二卷耳今手澤如新而墓木已拱悲夫昔蕭繹江陵陷沒不惜國亡而毀裂書畫楊廣江都傾覆不悲身死而復取圖書豈以性之所著生死不能忘歟或者天意以其菲薄不足以享此尤物耶抑死者有知猶斤斤愛惜不宜留人間耶何得之難而失之易也噫余自少陸機作賦之二年至過蘧瑗知非之

兩歲三十四年之間憂患得失何其多也然有有必有無有得必有失乃理之常人亡弓人得之又何足道所以區區記此者亦欲爲後世博雅好古者之戒云爾紹興二年元黓歲壯月甲寅朔易安室題本書

三年行都端午易安親聯有爲內夫人者代進帖子皇帝閣曰日月堯天大璇璣舜歷長側聞行殿帳多集上書裝皇后閣曰意帖初宜夏金駒已過蠶至尊千萬壽行見百斯男意帖用上官昭容事夫人閣曰三宮催解糉團箭綵絲縈便面天題字歌頭御賜名團箭用唐開元內宮小角弓射糉事於是翰林止金帛之賜浩然齋雅談咸以爲由易安

也時直翰林者秦楚材忌之五月命發應作僉押也諸書皆從竹
書樞密院事韓肖胄字似夫工部尚書胡松年字茂老海州懷
仁人二人以七月行充奉表通問使副使使金通兩宮也劉時舉續
通鑑　又案宋朝事實其事在七月其後八年十二月韓又使金易安上韓詩曰三
年夏六月天子視朝久凝旒望南雲垂衣思北狩如
聞帝若曰岳牧與羣后賢寧違半千運已過陽九勿
勤燕然銘勿種金城柳豈無純孝臣識此霜雪悲何
必舍羹肉便可載車脂土地非所惜玉帛亦塵泥誰
可當將命幣重辭益卑四岳僉曰俞臣下帝所知中
朝第一人春官有昌黎身爲百夫特行爲萬人師嘉

祐與建中爲政有皋夔漢家貴王商唐室重子儀見
時應破膽將命公所宜（肖胄韓琦曾孫）公拜手稽首受命白
玉墀曰臣敢辭難此亦何等時家人安足謀妻子不
復辭願奉宗廟靈願奉天地威徑持紫泥詔直入黃
龍城北人懷舊德侍子當來迎聖孝定能達勿復言
詩纓倘持白馬血與結天日盟上胡詩曰胡公清德
人所難謀同德協置器安解衣已道漢恩煖離詩不
怯關山寒皇天久陰后土溼雨勢未迴風勢急車聲
轔轔馬蕭蕭壯士懦夫俱感泣閭閻嫠婦亦何知瀝
血投詩干記室蔡邸莒父非荒城勿輕談士棄儒生

憤王墓下馬猶倚史言項羽葬魯在今穀城寒號城邊雞未鳴水經注韓侯城在金地巧匠亦曾顧樗櫟芻蕘之詢或有益不乞隨珠與和璧但乞鄉關新信息靈光雖在應蕭條草中翁仲今何若遺民定倘種桑麻敗將如聞保城郭鼇家祖父生齊魯位下名高人比數當年稷下縱談時猶記人揮汗如雨子孫南渡今幾年漂零遂與流人伍願將血淚寄河山去灑青州一抔土其序云以上二公亦欲以俟採詩者雲麓漫鈔易安又有句云南來猶怯吳江冷北狩應知易水寒又云南渡衣冠思王導北來消息少劉琨漁隱叢話詩說雋永忠憤激發意悲語明

所非刺者衆又爲詩誚應舉進士曰露花倒影柳三變桂子飄香張九成老學庵筆記　九成紹興二年進士應舉者服其工對傳誦而惡之其感懷詩曰寒窗敗几無書史公路生平竟至此青州從事孔方兄終日紛紛喜生事作詩謝絕聊閉門虛室香生有佳思靜中吾乃見眞吾烏有先生子虛子彤管遺編　此詩上去兩押所謂詩止分平側四年避亂西上過嚴子陵釣臺有巨艦因利扁舟爲名之歎打馬圖釣臺集　或以其二十字韻語爲惡詩蓋口占聊戲之非詩也不復錄至金華卜居焉打馬圖有曉夢詩曰曉夢隨疎鐘飄然躡雲霞因緣安期生邂逅萼綠華秋風正無賴吹盡玉井花共看

藕如船同食棗如瓜翩翩垂髮女貌妍語亦佳嘲辭鬬詭辯活火烹新茶雖乏上元術遊樂亦莫涯人生能如此何必歸故家起來斂衣坐掩耳厭喧譁心知不可見念念猶咨嗟彤管遺編詩秀朗有仙骨也又作打馬圖曰慧則通通則無所不達專則精精則無所不妙故庖丁解牛郢人運斤師曠之聽離婁之察大至堯舜之仁桀紂之惡小至擲豆起蠅巾角拂棋皆臻其極者妙而已夫博無他爭先術耳故專者勝余性專博凡所謂博者皆耽之南渡流離盡散博具今年冬十月朔聞淮上警報江浙之人自東走西自南走

北居山林者謀入城市居城市者謀入山林旁午絡
繹莫知所之余亦自臨安泝流過嚴灘抵金華卜居
陳氏第乍釋舟楫而見窗軒意頗適然更長燭明如
此良夜何於是乎博奕之事講矣且長行葉子博塞
彈棋世無傳者打褐大小豬窩族鬼胡畫數倉賭快
之類皆鄙俚不經見藏酒摴蒱雙蹙融近漸廢絕選
仙加減插關火質魯任命無所施智巧大小象戲奕
棋又止容二人獨采選打馬特爲閨房雅戲嘗恨采
選叢煩勞於檢閱又能通者少難遇勁敵打馬簡要
而苦無文采按打馬世有二種一種一將十馬者謂

之闕西馬一種無將二十馬者謂之依經馬流傳既
久各有圖經凡例可考行移賞罰互有同異宣和間
人取二種馬參雜加減大約交加僥倖古意盡矣所
謂宣和馬者是也余獨愛依經法因取其賞罰互度
每事作數語隨事附見使兒輩圖之不獨施之博徒
亦足貽諸好事使千百世後知命辭打馬始自易安
居士也時紹興四年十有二月二十四日其打馬賦
曰歲令聿徂盧或可呼千金一擲百萬十都尊俎列
陳已行揖讓之禮主賓言洽不有博奕者乎打馬爰
興樗蒱者退實小道之上流蹟深閨之雅戲齊驅驥

騄疑穆王萬里之行別起元黃類楊氏五家之隊珊瑚佩響方驚玉鐙之敲落落星羅忽訝連錢之碎若乃吳江楓落燕山葉飛玉門關閉沙苑草肥臨波不渡似惜障泥或出入騰驤猛比昆陽之戰或從容磬控正如涿鹿之師或聞望久高脫復庾郎之失或聲名素昧傒驚凝叔之奇亦有緩緩而歸昂昂而駐烏道驚馳蟻封安步崎嶇峻坂慨想王良蹋促鹽車忽逢造父且夫邱陵云遠白雲在天心無戀豆志在著鞭蹴蹄黃葉畫道金錢用五十六采之間行九十一路之內明以賞罰覈其殿最運指揮於方寸之中決

勝負以幾微之介且好勝人之常情爭籌者道之末技說梅止渴稍蘇奔競之心畫餅充飢亦寓躍騰之志將求遠效故臨難而不迴留報厚恩或相機而豫退亦有銜枚緩進已踰關塞之艱豈致奮足爭先莫悟弃塹之墜至於不習軍行必占尤悔當知範我之馳驅勿忘君子之箴佩況乃爲之賢已事實見於正經行以无疆義必合乎天德牝乃叶地類之貞反亦記晉姬之式鑒髻墮於梁家溯滸循於岐國故宜遶牀大叫五木皆盧瀝酒一呼六子盡赤平生不負遂成劍閣之勲別墅未輸決破淮淝之賊今日豈無元

子明時不乏安石又何必陶長沙博局之投正當師袁彥道布帽之擲也亂曰佛貍定見卯年死（是歲甲寅）貴賤紛紛尚流徙滿眼驊騮及騄耳時危安得真致此木蘭橫戈好女子老矣不復志千里但願相將過淮水（本書）時易安年五十三矣居金華有武陵春詞曰風住塵香花已盡日晚倦梳頭物是人非事事休欲語淚先流聞說雙溪春尚好也擬泛輕舟只恐雙溪舴艋舟載不動許多愁流寓有故鄉之思（水東日記云玩其詞意作於序金石錄之後）其事非閨閣文筆自記者莫能知或曰依弟迒老於金華後人集其所著為文七卷詞六卷行

於世（宋史藝文志）其金石錄後序稿在王厚之（順伯）家洪邁見之爲述其大概（容齋四筆）朱文公言本朝婦人能文章者曾相布妻魏及李易安二人而已（詞綜）後有人於閩漠口鋪見女子韓玉文題壁詩序幼在錢塘師事易安（彤管遺編）易安能詩詞文四六又能畫明人陳查艮藏有易安畫琵琶行圖（宋濂學士集）莫廷韓買得易安畫墨竹一幅（太平清話）張居正在政府日見部吏鍾姓浙音者問曰汝會稽人耶曰然居正色變久之吏曰新自湖廣遷往耳然卒黜之（玉茗瑣談　文忠蓋以鍾復皓故時不悉其意以爲乖暴）而其時無學者不堪易安譏誚改易安與綦學士啟以

張飛卿爲張汝舟以玉壺爲玉臺謂官文書使易安嫁汝舟後結訟又詔離之有文案詳趙彥衛雲麓漫抄胡仔苕溪漁隱叢話李心傳建炎以來繫年要錄宋方擾離不糾言妖也

述曰宋史李格非傳云女清照詩文尤有稱於時嫁趙挺之之子明誠自號易安居士無他說也藝文志有易安詞六卷通考經籍考引直齋書錄解題止漱玉集一卷解題云別本分五卷詞今存書錄打馬賦一卷解題云用二十馬今世打馬大約與摴蒱相類藝文志言文集七卷明焦竑國史經籍志云十二卷則并詞五卷惜其文未見嫏嬛記四六談麈宋文粹

拾遺並載易安賀孿生啟云無午未二時之分有伯仲兩楷之似既繫臂而繫足實難弟而難兄玉刻雙璋錦挑對褓注言任文二子孿生德卿生於午道卿生於未張伯楷仲楷兄弟相似形狀無二白伋兄弟母不能辨以五色采繩一繫於臂一繫於足其用事明當如此讀雲麓漫抄所載謝綦崇禮啟文筆劣下中雜有佳語定是竄改本又夫婦訐訟必自證之啟何以云無根之謗余素惡易安改嫁張汝舟之說雅雨堂刻金石錄序以情度易安不當有此事及見李心傳建炎以來繫年要錄采鄙惡小說比其事爲文

案尤惡之後讀齊東野語論韓忠繆事云李心傳在蜀去天萬里輕信記載疎舛固宜又謝枋得集亦言繫年要錄爲辛棄疾造韓侂胄壽詞則所言易安文案謝啟事可知是非天下之公非望易安以不嫁也不甘小人言語使才人下配駔儈故以年分考之凡詩文見類部小說詩話者考合排次至紹興四年易安年五十三又紹興十一年五月十三日綦崇禮壻陽夏謝伋寓家台州自序四六談麈時易安年已六十伋稱爲趙令人李若崇禮爲處張汝舟婚事伋其親壻不容不知又下至淯祐元年時及百年張端義

作貴耳集亦稱易安居士趙明誠妻易安爲嫠行迹章章可據趙彥衞胡仔李心傳等不明是非至後人貌爲正論碧雞漫志謂易安詞於婦人中爲最無顧藉水東日記謂易安詞爲不祥之具此何異謂直不疑盜嫂亂倫狄仁傑謀反當誅滅也且敢言牛蟻不分灰釘已具弟既可欺持官文書來輒信身幾欲死非玉鏡架亦安知呻吟未定强以同歸猥以桑榆之末影配兹駔儈之下才易安老命婦也何以改嫁復與官告又言視聽才分實難共處惟求脫去決欲殺之遂肆欺淩日加毆擊豈期末事乃得上聞取自宸

表付之廷尉是又聞房鄙論竟遠闕廷帝察隱私詔之離巽夫南渡倉皇海山奔竄乃舟車戎馬相接之時爲一駔儈之婦從容再降玉音宋之不君未應若此審視金石錄後序始知頌金事白綦有湔洗之力小人改易安謝啟以飛卿玉壺爲汝舟玉臺用輕薄之詞作善謔之報而不悟牽連君父誣衊廟堂則小人之不善於立言也劉時舉續通鑑云紹興四年八月趙鼎疏言草澤行伍求張浚不遂者入人投牒醜詆及其母妻四朝聞見錄有劾朱文公閩閫中穢事疏及朱謝罪表蓋其時風氣如此齊東野語又云黃

尙書由妻胡夫人惠齋居士時人比之易安嘗指摘趙師羿放生池文誤惠齋已卒趙爲臨安府誘其逃婢證惠齋前與棋客鄭日新通遂黥配日新而尙書以帷薄不修罷按白獺髓云師羿初居吳郡及尹天府日延喬木爲門客喬教師羿子希蒼制古禮器於家釋菜黃尙書欲發遣之師羿乃毀器而遂喬是師羿與由以黥配門客相報又值惠齋有摘文之事乃並誣惠齋其事與易安同夫小人何足深責吾獨惜易安與惠齋以美秀之才好論文以中人忌也易安打馬圖言使兒輩圖之合之上胡尙書詩蓋易安無

所出兒輩乃格非子孫故其事散落今於詞之經批隙及好事傳述者亦輯之於事實有益可備好古明理者觀覽其僅見漱玉集者此不載也

癸巳類稿易安事輯書後　儀顧堂題跋

歸安陸心源剛甫

李易安改嫁千古厚誣歙人俞理初為易安事輯以辨之詳矣備矣惟張汝舟崇甯五年進士毗陵人見咸淳毗陵志欽宗時知紹興府見會稽志建炎三年以朝奉郎直秘閣知明州十二月召為中書門下檢正諸房文字四年兼管安撫使復以直

顯謨閣知明州見四明圖經五月上過明州歷奉
儉簡遷一官六月乞祠主管江州太平觀紹興元
年三月往池州措置軍務尋爲監諸軍審計司二
年九月以妻李氏訟其妄增舉數入官有司當汝
舟私罪徒詔除名柳州編管見建炎以來要錄則
汝舟既确有其人以李氏訟編管亦确有其事理
初僅以怨家改啟證易安無改嫁事幾若汝舟亦
屬子虛不足以釋千古之疑而折服李心傳之心
愚按汝舟即飛卿之名妻字上當奪趙明誠三字
耳高宗性好古玩與徽宗同汝舟必以進奉得官

因進奉而徵及玉壺因玉壺之失而有獻璧北朝
之誣因獻璧北朝之誣而易安有妄增舉數之報
復不然妄增舉數與妻何害既不應與訟朝廷亦
豈爲準理耶惟李氏被獻璧北朝之誣人人代抱
不平故李氏一控而汝舟即奪職編管汝舟無可
洩憤改其謝啓誣爲改嫁認爲伊妻其啓即汝舟
所改非別有怨家也請列五證以明之汝舟先官
秘閣直學士復官顯謨直學士故曰飛卿學士其
證一也頒金之謗崇禮爲之左右得解事在建炎
三年是時崇禮官中書舍人故曰內翰承旨汝舟

之貶事在紹興二年則崇禮已爲侍郎翰林學士當曰學士侍郎不得曰內翰承旨矣其證二也若要錄原本無趙明誠三字注文旣敘明李格非女矣何不敘趙明誠妻改嫁汝舟乎其證三也男女婚嫁世間常事朝廷不須問官吏豈有文書啟云弟旣可欺持官文書來卽信當指蜚語上聞置獄而言改嫁不必由官有何官文書之有其證四也獻璧北朝可稱不根之言若改嫁碻有其事何得云不根之言其證五也心傳誤據傳聞之辭未免疏謬若謂採鄙惡小說比附文案豈張汝舟亦無

其人乎必不然矣

書陸剛甫觀察儀顧堂題跋後 越縵堂乙集

會稽 李慈銘 蒓客

陸氏心源儀顧堂題跋十六卷其中可取者甚多其書癸巳類稿易安事輯後謂張汝舟毘陵人崇甯五年進士見咸湻毘陵志又引建炎以來繫年要錄紹興二年九月張汝舟爲監諸軍審計司以妻李氏訟其妄增舉數入官詔除名柳州編管則汝舟旣確有其人以李氏訟編管亦確有其事汝舟卽飛卿之名妻字上當脫趙明誠三字高宗性

好古玩汝舟必以進奉得官因進奉而徵及玉壺因玉壺失而有獻璧北朝之誣因獻璧之誣而易安有妄增舉數之報蓋獻璧之誣人人代抱不平故李氏一控而汝舟卽奪職編管汝舟無可洩憤改其謝啟誣爲改嫁認爲伊妻其啟卽汝舟所改非别有怨家也則殊肌决不近理案嘉太會稽志載宣和五年張汝舟以降授宣教郎直秘閣知越州越爲望郡是汝舟在徽宗時已通顯乾道四明圖經載建炎四年張汝舟以直顯謨閣知明州兼管內安撫使數月卽罷圖經載是年汝舟之前已有劉洪道向子忞二人汝

舟之後爲吳懋以建炎四年八月到任是汝舟在州不過一二月繫年要錄載紹興二年九月汝舟除名時官止右承奉郎則仕宦頗極沉滯安見其以進奉得官高宗頗好書畫未聞其好器玩易安金石錄後序言聞張飛卿玉壺事發在建炎三年九十月間時明誠甫於八月卒高宗方爲金人所追流離奔竄卽甚荒闇之主尙安得留心玩好令人以進奉博官汝舟之名與飛卿之字亦不相配合且序言飛卿所示玉壺實珉也旋復攜去則壺本不在德甫所安得妄告朝廷徵之趙氏且要錄言時建康置防秋安撫使擾攘

之際或疑其饋璧北朝言者列以上聞或言趙張皆當置獄是明謂言官所發飛卿方有對獄之懼豈有自發而自誣之理易安後序亦謂何人傳道妄言頒金是玆無怨飛卿之事安得謂人人代抱不平易安故訟其妄增舉數以爲報復至謂其啟卽汝舟所改尤非情理汝舟以進士歷官已顯豈肎自謂駔儈下才及視聽才分實難共處且人卽無艮豈有冒認嫠婦以爲已妻趙李皆名人貴家易安婦人之傑海內衆著又將誰欺雖喪心下愚亦不至此要錄大書右承奉郎監諸軍審計司張

汝舟屬吏以汝舟妻李氏訟其妄增舉數入官也
其文甚明安得謂妻上脫趙明誠三字陸氏謂妄
增舉數何與妻事朝廷亦豈爲準理則閨房之內
事有難言增舉入官欺罔朝廷安得置之不理此
等事惟家人得知之故發即得實若它人之婦何
從知之惟易安必無再嫁之事理初排比歲月證
之甚明今即要錄所載此一節覈其年月更可瞭
然易安金石錄後序自題紹興二年元黓歲壯月
甲寅朔易安室題要錄系訟增舉事於紹興二年
九月戊午朔相去一月豈有三十日內忽在趙氏

為嫠婦忽在張氏訟其夫此不待辨者也又易安於紹興三年五月上使金工部尚書胡松年詩有嫠家祖父生齊魯之句則易安以老寡婦終已無疑義要錄又載紹興二年八月丙辰是二十九日是月戊子朔後序題甲寅朔蓋筆誤甲寅是二十七日或是戊子朔甲寅脫戊子二字又朔甲寅誤倒古人題月日多有此例易安好古觀其用歲陽紀歲月名紀月可知直秘閣主管江州太平觀趙思誠守起居郎思誠明誠兄也則是時趙氏尚盛尤不容有此事要錄又載建炎三年閏八月和安大夫開州團練使致仕王繼先嘗以黃金三百兩從故秘閣修撰趙明誠家市古器兵部尚

書謝克家言恐疏遠聞之有累盛德欲望寢罷上批令三省取問繼先則所云徵及玉壺傳聞置獄當在此時王繼先本姦黠小人時方得幸必有恫喝趙氏之事而綦崈禮爲左右之得白故易安作啟以謝至張汝舟妻李氏或本易安一家與夫不咸訟訐離異當時忌易安之才如學士秦楚材者秦檜之兄名梓及被易安誚刺如張九成等者因將此事逐之易安張九成爲紹興二年進士第一人其對策有桂子飄香之語易安因有桂子飄香張九成之謔亦足證其婺居無事若方與後夫爭訟仳離豈尙有此暇力弄狡獪乎或汝舟之妻亦嫺文字作文自述被夫欺凌毆擊之事

其訟妄增舉數時亦必牽及閨門菲忤自求離絕及置獄根勘得實并遂其請後人因其適皆李姓遂牽合之李微之亦不察而誤采之俗語不實流爲丹青遂以漱玉之淸才古今罕儷且爲文叔之女德甫之妻橫被惡名致爲千載育人口實余故申而辨之補俞氏之闕正陸氏之誤可爲不易之定論矣況周儀校易安如有改嫁之事當在建炎三年明誠卒後紹興二年汝舟編管以前今據俞陸二家所引建炎三年七月易安至建康八月明誠卒四年易安往台州之越州十二月至衢州紹興元年復之越二年之杭汝舟建炎三年知明州四年復知明州六月主管江州太平觀紹興元年往池州措置軍務尋爲監諸軍審計司二年九月以增舉入官除名編管此四年中兩人蹤

跡判然何得有嫁娶之事舊說冤謬不辨而明矣

漱玉詞 附錄

二十六

四印齋

題更誌語表微事較好奇愈荼蘼雲巢今何所惟有流傳漱玉詞從此風霜照眉宇

義州李葆恂文石

小別明湖近十年濟南名士各風煙明湖四客王午橋徐慕雲皆去濟南矣鵲華山色應無恙誰弔詞人柳絮泉

夫壻翩翩著作殊三千金石自編摹閨中別有消閒濡玉管新翻打馬圖

白壁青蠅讕語疑誰將史筆著寃詞俞君事輯王郎刻應感芳魂地下知半塘新刊漱玉詞附理初事輯於後

小影荼蘼刼火紅往見易安荼蘼春去小影於葉文湘雲處今爲六丁取去矣

畫圖重見寫春風裙邊袖角新題徧若箇詞華漱玉工

諸城王志修竹吾

金石編排脫稿初遠來堂上賦閑居歸來堂舊趾乾隆中同邑李氏改名易安園今亦荒蕪矣若論舊譜翻新調夫壻才華恐不如用鄉先輩漁村先生韻

衣冠南渡已無家鐘鼎圖書載幾車畢竟不須疑晚節西風人自比黃花

詞客爭傳漱玉詞半塘老人新刊漱玉詞故鄉負恨我生遲

摩娑奇石題名在石高五尺玲瓏透豁上有雲巢二隸書其下小摩崖刻辛卯九

月德父易安同記現置傲居仍圖竹中應記花前寫照時

吳縣 許玉琢 鶴巢

柳絮泉邊芝芙夢裏比肩緣信天成甚渡江南去
鐵騎縱橫贏得傷離怨別身世事都付飄零孤鴻
唳空餘蠹篋獨抱遺經 分明畫圖題句猶自說
遠來似諦深盟奈岸巾孤往忽墮堅城牘有年時
著錄還記憶相對燈青將誰比譬花豔格未足齊
名

鳳凰臺上憶吹簫

薊州 李樹屏 髯

卅一年華絕世姿那堪垂老感流離風懷爭似舊

家時　題句空留偕隱字錦書愁寄送行詞箇人

心事菊花知　浣溪沙

壬戌長至日

漱玉集

藏園居士傅增湘

漱玉集序

壬戌歲暮李君冷衷以所編易安居士漱玉集屬予校定乃取半塘老人刻本漱玉詞爲籤其同異多寡之數而歸之閲數月冷衷蒐集益富成書五卷復屬序於予案四庫箸錄漱玉詞一卷卽毛氏汲古閣本得詞僅十七首附以金石錄序一篇而已半塘所刻爲詞凡五十首於毛氏本鷓鴣天枝上流鶯一闋靑玉案一年春事一闋證其爲少游永叔作概置弗錄則已校毛本增三十五首矣冷衷此編所集文凡五篇詩凡十八首詞凡七十八首詩文爲半塘刻本所未采者以詞相校則復增二十八首矣半塘所集據梅苑樂府雅詞花草稡編全芳備祖詞統諸書而冷衷得自梅苑花草稡編詞統者又多爲半塘所未采意半塘所據諸書尚非全本也陳直齋書錄解題漱玉詞別本五卷黃叔暘花菴詞選亦稱漱玉詞三卷然則以視今所存者其詞散佚蓋已多矣冷衷引據

諸書凡六十餘種而所得者僅此七十八首非不見博而力劬無如佚者不可復存也雖然易安遺事於詞中可箸見者尚有武陵春一闋葉與中水東日記云是南渡後易安居金華作時年已五十三矣即所云物是人非者也冷衷異時讀書續有所得當作補遺豈其遂已邪癸亥八月順德黃節序

潄玉集再版弁言

歲癸亥余輯易安居士潄玉集既成順德黄晦聞先生校閱而序之越三年丁卯始付鉛槧此三年中雖日沈緬于舊籍然易安居士之詩文詞及遺事竟無所獲戊辰以還國立北平圖書館採訪珍籍罕見之書踵門求售者不知凡幾因得旁搜羣籍于寫本全芳備祖中得鷓鴣天一首歲時廣記中得逸句若干均爲前此所未見者其他遺事及詩詞文評亦數十則遂重爲詮次再付鉛槧亦片羽足珍之意也或謂易安居士之詩文詞久佚不可復得子之所輯爲數頗富得勿以他人之作濫入以實篇幅乎曰凡所徵引俱已詳其本源爲是言者則余弗與之辨亦不屑與之辨也庚午冬十二月大興李文裿記于北平中海居仁堂

漱玉集題詞

鳳凰臺上憶吹簫

世傳漱玉集乃文律閣及四印齋本　李君冷衷更爲搜輯采書至六十餘種易安居士之文詞及遺聞斷句備於是編將付剞劂索余題記用集中許君鶴巢韻賦之

燼滅牙籤霜高鐵騎南朝愁絕蘭成憶鵲華舊夢天遠雲橫辛苦歸來堂燕過江東同訴飄零金石序幾行淚墨浩刦身經　荼蘼已成影事寫令嫺哀誄忍說鴛盟賸一編佳詠傳遍江城却有錦囊詞客輯叢殘午夜燈青好長與雲巢片石永著芳名

癸亥夏五德清俞陛雲題於樂靜居

冷衷先生新輯易安居士全集授讀一過有感於懷走筆作長謠題於卷端時癸亥端陽前一日也

懷古蒼茫天水碧漱玉貞甤蕤怨魄黟縣先生（俞理初正燮）始發矇名論確如矢破的後來臨桂（王幼霞鵬運況夔笙周儀皆臨桂人）嗜倚聲併與斷腸登棗刻我得其本緘巾箱兵燹艱難保無失開卷沈吟掩卷思如見中州全盛日燈火樊樓才藻多晚霞詎料成金色夫婿芝芙入夢初掃眉才子稱良匹錦帕封題一剪梅偎影蛩氈守窗黑相國精藍日市碑繙閱夜談携果實徜徉自謂葛天民願作鴛鴦長比翼價重兼金沒骨圖傾篋典衣償未得從此鄉閭且息形竹符一旦新除檄先守青州後守萊吏有神君咸奉職探支鶴料賸餘貲彝鼎斑然列几席風流上紹六一翁金石一編矜晚出歸來堂中攷訂精鬭茶覆杯事奇絕國家承平百餘年運祚忽逢陽九厄宣和艮嶽付煨塵臣亦仳離走倉卒江寧移郡虎口餘無

恙江山存半壁循城簑笠恣尋詩玉妃萬騎紛馱雪疇知哀樂理難窮赴召池陽重惜別最是江頭岸葛巾刺刺不休語瑣屑白日俄摧杷婦城洗盡鉛華厲清節天涯飄泊感雲萍上江欲渡烽煙隔台睦衢杭轉徙頻顛頷空舟嫠夜泣玉壺疑獄未分明蜚語北庭訛饋璧舍人左右事得解啟事偶弄生花筆親舊作謝亦尋常桑榆蒙謗何由釋大抵才人易招忌倒影飄香近訐直謠諑蛾眉競射沙多口無根胡所恤君今闡幽作年譜編劖詩文蔚鉅帙娉婷春影渺荼蘼柳絮泉應香且潔雲巢片石天壤留好事爭繙打馬格三復斯編觸我悲自憐身世同蕭瑟癸亥經今十又三麒麟鬭多日薄蝕試誦端陽帖子詞紹興偏安猶可說乾元用九亢有悔蒲觴泛綠心紆鬱借爾一澆塊磊胸掇拾前聞愧不律

寶應王念曾歗緌甫拜題

萬松金闕湖山隈醉人湖淥如春醅佛貍不死白雁來函憂漆室何時開青州

燼後洪州災幻妄變滅供一咍最傷白日堅城頹用易安祭明誠文語詞人例有江南哀

暮年詞賦驅龍媒呼風愴絕金粟堆隸山剫水徒澶洄何來蜚語成玉臺人間

瓦釜紛鳴雷俞理初金偉軍王又遐李越縵稱淹賅老筆一掃空浮埃冷衷晚出矜鑒裁

零縑斷楮珍瓊瑰茶蘼春影沈寒灰畫卷重見黃花回風鬟霜鬢休相猜鬬茶

倘憶翻深杯千年怨魄思東萊傷哉一代縱橫才

冷衷先生屬題　癸亥端陽侯官郭則澐

增訂漱玉集目錄

卷四 詞存二

引用書目

七修類稿　明刊本　　文津閣本漱玉詞
太平清話　原刻寶顏堂秘笈本　　升菴詞品　函海本
永樂大典　明寫本　　古今詞論　詞學全書本
古懽堂集　原刻本　　石雪齋詩集　徐氏排印本
古今詞選　瘦吟樓精刻本　　打馬圖經　麗樓叢書本
四庫全書總目提要　武英殿本　　四六談塵　明刻百川學海本
四印齋本漱玉詞　　老學菴筆記　文津閣四庫全書本
全芳備祖　文津閣四庫全書本　明寫本　　宋學士集　明嘉靖本
宋詩紀事　清乾隆本　　彤管遺編　原刻本
冷廬雜識　原刻袖珍本　　雨村詞話　函海本

癸巳類稿 原刻本

青芝山館集 石印本

兩般秋雨盦隨筆 吉華堂本

花草粹編 文津閣四庫全書本

花菴詞選 明刊本

洛陽名園記 古今逸史本

金石錄 雅雨堂精刻本

後村先生大全集 賜硯堂鈔本

苕溪漁隱叢話 宋刊本

風月堂詩話 汲古閣鈔本

香祖筆記 原刻精本

香研居詞麈 讀畫齋本

浩然齋雅談 武英殿聚珍本

浯溪考 舊鈔本

容齋四筆 宋刊本

茶香室叢鈔 春在堂全書本

清波雜志 知不足齋本

清河書畫舫 池北草堂本

黃嬭餘話 嘯園叢書本

黃檗山人詩集 原刻本

越縵堂乙集 傳寫本

梅苑 文津閣四庫全書本

瑯環記 津逮秘書本

崇禎歷城縣志 明崇禎十三年本

圖繪寶鑑 津逮秘書本

御選四朝詩 文津閣四庫全書本

絳雲樓書目 粵雅堂本

詞林萬選 汲古閣詞苑英華本

詞綜 裘杼樓本

詞苑叢談 海山仙館本

詞統 舊鈔本

詞譜 文津閣四庫全書本

詞律 杜校本

雲麓漫鈔 別下齋本

貴耳集 津逮秘書本

歲時廣記 十萬卷樓本

鄉園憶舊錄 原刻本

道安室雜文 原刻本

道光濟南府志 清道光二十年本

詩話雋永 明寫本

新齊音 傳鈔本

陽春白雪 粵雅堂本

萬歷章邱縣志 明萬歷二十四年本

飴山全集 清乾隆本

滂喜齋藏書記 原刻本

箋注羣英草堂詩餘 明刊本

廣齊音 傳鈔本

歷代詩餘 清康熙內府精刻本

歷朝閨雅 武英殿本

歷朝名媛詩詞 紅樹樓原刻本

歷代賦彙 清康熙內府精刻本

樂府雅詞 粵雅堂本

蕙嵐簃隨筆 原刻本

藏書紀事詩 清光緒間原刻本

蓮子居詞話 退補齋本

類編草堂詩餘 明萬歷本

選巷叢談 原刻本

頤道堂詩外集 清嘉慶本

儀顧堂題跋 潛園叢書本

鶴林玉露 明寫本

易安居士三十一歲之照

冷衷重摹

易安居士像贊

按易安居士兩像前者摹自四印齋本漱玉詞後者摹自紅樹樓本歷朝名媛詩詞卷十一所有像贊題詞見於四印齋本及他書者均著錄於後

清麗其詞端莊其品歸去來兮眞堪偕隱

政和甲午新秋德父題於歸來堂

易安居士畫像題詞

[四印齋本漱玉詞畫像題詞原注]易安居士照藏諸城某氏諸城古東武明誠鄉里也王竹吾舍人以摹本見贈屬劉君炳堂重摹是幀竹吾云其家蓄奇石一面上有明誠易安題字諸城趙李遺蹟蓋僅此云光緒庚寅二月半塘老人識　按原本手幽蘭一枝劉君摹本取居士詞意以黃花易之

金石姻緣翰墨芬文蕭夫婦盡能文西風庭院秋如水人比黃花瘦幾分　吳寬

小窗簾捲早涼初幸傍詞人舊里居吟到黃花人瘦句買絲爭繡女相如　李澄中

右二詩原題

南渡遺黎流人伍老去才名誰比數詞詞憤激一世無小朝庭人眞媿汝畫圖省識舊詞女比似黃花瘦幾許趙侯賛之署德父政和四年歲甲午戎馬未窺相安處歸來堂中正媚嫵金石圖書勵記取生小聰明喜自睹暮年作序戒好古訴述亂離備悽苦何來雲麓與苕溪不識紹興老命婦（叶奉甫切）建炎要錄尤莽鹵理初編輯年可譜行迹章章儼對瀞半塘老人刻樂府殷勤佚篇手搜補摹圖徵題更誌語表微事較好奇愈荼蘼雲巢今何所惟有流傳漱玉詞從此風霜照眉宇 鄭孝胥

小別明湖近十年濟南名士各風烟（江湖四客王午橋徐慕雲皆去濟南矣）鵲華山色應無恙誰弔詞人柳絮泉

夫婿翩翩著作殊三千金石自編摹閨中別有消閒法玉管新翻打馬圖

白璧青蠅讕語疑誰將史筆著寃詞兪君事輯王郎刻應感芳魂地下知（半塘新刊）

漱玉詞附理初事輯於後

小影荼蘼刦火紅（往見易安荼蘼春去小影於葉丈湘雲處今爲六丁取去矣）畫圖重見寫春風裙邊袖角新題徧若個詞華漱玉工　李葆恂

金石編排脫稿初歸來堂上賦閒居（歸來堂舊址乾隆中同邑李氏改名易安園今亦荒蕪矣）若論舊譜翻新調夫婿才華恐不如（用鄉先輩漁村先生韻）

衣冠南渡已無家鐘鼎圖書載幾車畢竟不須疑晚節西風人自比黃花

詞客爭傳漱玉詞（半塘老人新刊漱玉詞）故鄉眞恨我生遲摩挲奇石題名在（石高五尺玲瓏透豁上有雲巢二隸書其下小摩崖刻辛卯九月德甫易安同記現置敝居仍園竹中）應記花前寫照時　王志修

鳳凰臺上憶吹簫

柳絮泉邊芝芙夢裏比肩原信天成甚渡江南去鐵騎縱橫羸得傷離怨別身世事都付飄零孤鴻唳空餘蓋篋獨抱遺經　分明畫圖題句猶自說歸來似

諦深盟奈岸巾孤往忽墮堅城賸有年時著錄還記憶相對燈青將誰比簪花豔格未足齊名 許玉瑑

浣溪紗

卅一年華絕世姿那堪垂老感流離風懷爭似舊家時 題句空留偕隱字錦書愁寄送行詞箇人心事菊花知 李樹屏 以上均見四印齋本漱玉詞

題李易安看竹圖小像 幷序

宣統辛亥得易安居士小像於京師圖高晋尺五尺八寸闊二尺六寸五分有周二南諸跋易安晚節世多訾議盧抱孫俞理初金偉軍三先生已爲之辯誣後徵題於樊山仁安兩先生藉雪其寃同時得王幼霞錢納蘧兩刻本漱玉集納蘧附錄二卷攷証尤詳余覽其詞悲其遇爲重書影印索俞滌煩撫秀竹圖小照冠於卷首並錄諸題於後發潛闡

幽庶幾無憾漫綴一絕用志欣快〔徐宗浩〕

高節凌雲自一時嬋娟已有歲寒姿借東坡句霜竿特立誰能撼奇語西風莫浪吹

題李易安遺像 并序

李清照自號易安居士濟南格非之女也幼有才藻爲詞家大宗嫁趙明誠明誠好儲書籍作金石錄考據精鑿清照實助成之遭靖康亂圖書散失避亂於越明誠卒乃作金石錄後序自述其流離狀人皆憫之按明誠諸城人而家於青此圖之在諸城也宜矣觀其筆墨古雅迥非近代畫手所能及或卽當時眞本亦未可知第不知何年藏於縣署樓中貯以竹筒爲一邑紳所得寶而藏之今又入其邑裴玉樵手携歸濟南得快瞻數百年故物不可謂非深幸也披覽之餘並系短章以誌景仰道光庚戌重九日歷下周樂二南識

曲眉雲髻屏鉛華漱正詞高自一家幾閱滄桑遺像在果然人瘦似黃花

金石搜羅未覺疲香焚燕寢伴吟詩披簑頂笠裝尤好風雪循城覓句時

重叙遺編感故侯艱難歷盡幾經秋凄凉柳絮泉邊老漫妒才人老不休

題李易安遺像 并序

丁巳小春武進徐君養吾以所藏易安居士小像見示徵題道光庚戌用二南詩跋謂趙明誠籍諸城而居于青此圖設色古雅或即當時原本不知何年貯以竹筒藏於諸城縣署後爲邑紳某所得今又轉入濟南裴玉樵家云云易安生于北而歿於南此圖閱八百餘年復由濟南而入於吳倘亦豔魄有靈不忘江南歷水故耶易安才高學贍好詆訶人遂爲忌者誣謗幸得盧雅雨俞理初輩爲之昭雪其所爲古詩放翁遺詩且猶不逮誠齋石湖以下勿論矣寒夜無俚爲製長句以雪其冤且伸夙昔論斷之意云爾樊山樊增祥識

趙侯一枕芝芙夢難得鴛衾詞女共金堂茶事見恩彌錦帕梅詞覺情重亭亭玉立傾城姝文采風流蓋世無自信眞心貫金石浪言晚節失桑榆父爲元祐黨人最母是祥符狀元裔母王氏拱辰女孫外氏親傳懿恪衣小時熟讀名園記歸來堂裏小鴛鴦翁佐崇甯政事堂郎典春衣携果餌妾羇珠翠市琳瑯古今無此閨房艷携手成歡分手念無錢悵憶牡丹圖惜別悲吟紅藕簟乘輿北狩太倉皇猶保餘生守建康烟水吳興教管領圖書東武半存亡此時問道趨行在六月池湯具鞍轡目光如虎射船窗不作世間兒女態秋雁銜

來病裏書深憂痁作誤苓胡江路蘭撓三百里舊思錦帳卅年餘易安以十八歸趙明誠四十七而寡旅中相見憂還怖瘧痢沈綿傷二豎當年顧影比黃花今日招魂埋玉樹從此流移歷數州縹湘彝鼎付沈浮故知富貴能風雅無福雙棲到白頭紹興王子臨安廨已了玉壺蜚語事一篇後序二千言霧鬢風鬟五十二序文詳密媿歐蘇語語蘗蕪念故夫隻雁何心隨駔儈求凰誰見用官書才高衆忌人情薄蛾眉從古多謠諑歐陽且有盜甥疑第五猶蒙旁翁惡眼波電閃無餘子謗議由人亦由已積怨龍頭張九成僞投魚素綦崇禮知命衰年宰相家肯同商婦抱琵琶憔悴已同金線柳荒唐誰信碧雲騢姿才俊逸由天授太白東坡比高秀憶隨夫婿守金陵已是思陵南渡後騎出江天白鳳凰雪中戴笠金釵溜歸倒溪囊索報章西風吟得蕭郎瘦晚年僑寄金華城明燭搖窗博乃興玉軸三千俱掃地海棠重五尙投瓊見打馬圖經曹藍謝絮

猶難匹萬古閨襜推第一余之夙論如此松年肯胄兩篇詩南宋以來無此筆妙繪猶傳墨竹圖綺詞欲奪金荃席龍輔粧樓枉費才鷗波柔翰慚無力今見芙蓉出鏡中姑山冰雪擬清容孤巻八百年來淚重灑蒼梧夕照紅

題李易安畫像　王守恂

一代文宗作女師更從絹本得風姿巖巖正氣朱元晦未見吹求有貶詞

五十孀幃已白頭愴懷家國不勝愁我朝自有盧俞後千載浮言早罷休

題李易安墨竹圖　王守恂

律協宮商說詞伯錄存金石作文豪我今解得丹青意欲表淸風立節高

以上石雪齋詩集

易安居士年譜

大興李文裿編

宋神宗元豐七年甲子易安居士生

易安居士姓李名清照濟南人宅在柳絮泉上父格非字文叔嘗以文章受知於東坡後官禮部郎提點東京刑獄以黨籍罷歸母王氏王懿恪公拱辰孫女亦善文

按居士撰金石錄後序云予以建中辛巳始歸趙氏又云余自少陸機作賦之二年至過蘧瑗知非之兩歲三十四年之間憂患得失何其多也則易安歸趙氏時年十八及紹興甲寅（或誤作壬子）作金石錄序時年五十一十八至五十一其間恰三十四年也推之當生於是年俞理初作易安居士事輯云紹興四年易安年五十三元符二年年十八適諸城趙明誠與序中所云全不相符似誤

徽宗建中靖國元年辛巳年十八歲

是歲居士歸趙氏

金石錄序云余建中辛巳始歸趙氏時先君作禮部員外郎丞相作吏部

侍郎侯年二十一在太學作學生

徽宗崇甯元年壬午年十九歲

是歲居士父格非名列黨籍

舅趙挺之遷尙書右丞居士上詩救父

張琰撰洛陽名園記序云文叔在元祐官太學丁建中靖國再用邪朋竄

爲黨人女適趙相挺之子亦能詩上趙相救其父云何況人間父子情識

者哀之

崇甯二年癸未年二十歲

是歲以後德甫出仕宦

金石錄序云後二年出仕宦便有飯疏衣練窮遐方絕域盡天下古文奇

字之志

崇甯三年甲申年二十一歲

是歲以後偕德甫居鄉里

金石錄序云後屏居鄉里者十年仰取俯拾衣食有餘

崇甯四年乙酉年二十二歲

是歲居鄉里

三月舅挺之爲尙書右僕射中書侍郎六月因避蔡嫉自請罷免

崇甯五年丙戌年二十三歲

是歲居鄉里

正月上詔求直言舅挺之復職

徽宗大觀元年丁亥年二十四歲

是歲居鄉里
大觀二年戊子年二十五歲
是歲居鄉里
大觀三年己丑年二十六歲
是歲居鄉里
大觀四年庚寅年二十七歲
是歲居鄉里
徽宗政和元年辛卯年二十八歲
是歲居鄉里
九月居士與德甫有題字於石
王志修撰居士畫像題詞注云石高五尺玲瓏透豁上有雲巢二隸書其

下小摩崖刻辛卯九月德甫易安同記現置歙居仍園竹中

政和二年壬辰年二十九歲

是歲居鄉里

政和三年癸巳年三十歲

是歲居鄉里

按金石錄序有後屏居鄉里十年云云計之或當始甲申迄是年

政和四年甲午年三十一歲

是歲秋居士寫照德甫題詞云清麗其詞端莊其品歸去來兮眞堪偕隱

宣和三年辛丑年三十八歲

是歲德甫守萊

居士撰感懷詩

宣和辛丑八月十日到萊獨坐一室生平所見皆不在目前几上有禮韻因信手開之約以所開爲韻作詩偶得子字因以爲韻作感懷詩

寒窗敗几無書史公路可憐合至此青州從事孔方兄終日紛紛喜生事作詩謝絶聊閉門燕寢凝香有佳思靜中我乃得至交烏有先生子虛子

按詩意甲午至辛丑之間德甫曾守青州今無攷

宣和四年壬寅年三十九

是歲居萊

居士常與德甫坐歸來堂門茶爲戲

金石錄序云余性偶強記每飯罷坐歸來堂烹茶指堆積書史言某事在某書某卷第幾頁第幾行以中否決勝負爲飲茶先後中卽舉杯大笑至茶傾覆懷中反不得飲而起甘心老是鄉矣

是歲居萊

宣和六年甲辰年四十一歲

是歲居萊

宣和七年乙巳年四十二歲

是歲仍居萊

德甫自守萊以來每夕校金石文二卷跋一卷

金石錄序云因憶侯在東萊靜治堂裝卷初就芸籤縹帶束十卷作一帙

每日晚吏散輒校勘二卷跋題一卷此二千卷有題跋者五百二卷耳

欽宗靖康元年丙午年四十三歲

是歲德甫守淄川金人犯京師

金石錄序云靖康丙午歲侯淄守川聞金人犯京師四顧茫然盈箱溢篋

且戀戀且悵悵知其必不爲己物矣

欽宗靖康二 高宗建炎元 年丁未年四十四歲

三月德甫奔母喪於金陵居士偕返連艫渡江載書十五車

十二月金人陷青州火其存書十餘屋

金石錄序云建炎丁未春三月奔太夫人喪南來既長物不能盡載乃先去書之重大印本者又去畫之多幅者又去古器之無款識者又去書之監本者畫之平常者器之重大者凡屢減去尚載書十五車至東海連艫渡淮又渡江至建康青州故第尚鎖書册什物用屋十餘間期明年春再具舟載之十二月金人陷青州凡所謂十餘屋者已盡爲煨燼矣

按是歲四月金人虜二帝及后妃北去五月康王即位於南京方改號建炎金陵亦建炎三年始改稱建康序中三月已稱建炎建炎元年已稱建康蓋易安追述之作

建炎二年戊申年四十五歲

是歲德甫守建康

金石錄序云建炎戊申秋九月明誠起復知建康府

居士每尋詩得句必邀德甫賡和

周煇撰淸波雜志云頃見易安族人言明誠在建康易安每値天大雪卽頂笠披蓑循城遠覽以尋詩得句必邀其夫賡和明誠每苦之

喩正巳撰詩話雋永云今代婦人能詩者前有曾夫人魏后有易安李李在趙氏時建炎初秋從閣守建康作詩云南來尙怯吳江冷北狩應悲易水寒又云南渡衣冠少王導北來消息欠劉琨

建炎三年己酉年四十六歲

三月德甫罷職將家於贛水

五月德甫被旨知湖州居士住家池陽

七月末德甫病於行都居士趨侍

八月十八日德甫逝世居士爲文以祭之

金石錄序云己酉春三月罷具舟上蕪湖入姑熟將卜居贛水上夏五月至池陽被旨知湖州過闕上殿遂駐家池陽獨赴召六月十三日始負擔捨舟坐岸上葛衣岸巾精神如虎目光爛爛射人望舟中告別余意甚惡呼曰如傳聞城中緩急奈何戟手遥應曰從衆必不得已先去輜重次衣被次書册卷軸次古器獨所謂宗器者可自負抱與身俱存亡勿忘也遂馳馬去途中奔馳冒大暑感疾至行在病痁七月末書報臥病余驚怛念侯性素急奈何病痁或熱必服寒藥疾可憂遂解舟下一日夜行三百里比至果大服茈胡黄芩藥瘧且痢病危在膏肓余悲泣倉皇不忍問後事

八月十八日遂不起取筆作詩絕筆而終殊無分香賣履之意

謝伋撰四六談麈云趙令人李號易安其祭湖州文曰白日正中歎龐翁之機捷堅城自墮憐杞婦之悲深婦人四六之工者

德甫葬後居士大病先遣送書籍行李投洪旋以玉壺事妄傳其頒金或言上聞乃大懼

金石錄序云葬畢予無所之朝廷已分遣六宮又傳江當禁渡時猶有書二萬卷金石刻二千卷器皿裀褥可符百客他長物稱是余又大病僅存喘息事勢日迫念侯有妹婿任兵部侍郎從衞在洪州遂遣二故吏先部送行李往投之

先侯病亟時有張飛卿學士攜玉壺過視侯便攜去其實珉也不知何人傳道遂妄言有頒金之語或傳亦有密論列者余大惶怖不敢言亦不敢遂已盡將家中所有銅器等物欲赴外廷投進到越已移四明不敢留家

中幷寫本書寄剡

十二月金人陷洪州連艫渡江之書盡散爲雲烟赴台依弟迒復叠徙至越

金石錄序云冬十二月金人陷洪州遂盡委棄所謂連艫渡江之書又散爲雲烟矣　上江既不可往又虜勢叵測有弟迒任勅局刪定官遂往依之到台台守己遁之剡出睦又棄衣被走黃巖顧舟人海奔行朝時駐蹕章安從御舟海道之溫又之越

建炎四年庚戌年四十七歲

十二月居士自越之衢

金石錄序云庚戌十二月放散百官遂之衢

高宗紹興元年辛亥年四十八歲

三月居士由衢復赴越

金石錄序云紹興辛亥春三月復赴越

紹興二年壬子年四十九歲

是歲居士由越赴杭

金石錄序云壬子又赴杭

紹興三年癸丑年五十歲

五月撰上樞密韓公工部尚書胡公詩

自序云紹興癸丑五月兩公使金通兩宮也易安父祖出韓公門下見此

大號令不能忘言作詩各一章以寄意以待采詩者云

紹興四年甲寅年五十一歲

八月撰金石錄後序

十月自臨安經嚴灘卜居於金華

打馬圖經序云今年十月朔聞淮上警報江浙之人自東走西自南走北居山林者謀入城市居城市者謀入山林傍午絡繹莫不失所易安居士亦自臨安泝流涉嚴灘之險抵金華卜居陳氏第

夜發嚴灘詩云巨艦只緣因利往扁舟亦是爲名來往來有媿先生德特地通宵過釣臺

十一月撰打馬圖經成自序

紹興十三年癸亥年六十歲

在行都代人撰端午帖子詞

周密撰浩然齋雅談云李易安紹興癸亥在行都有親聯爲內命婦者因端午進帖子詞云云

按居士卒年月日各書不詳無法稽攷甲子以後又無事可紀姑止於此焉

漱玉集卷一

宋李清照撰　大興李文裿輯

文存

金石錄後序

右金石錄三十卷者何趙侯德甫所著書也取上自三代下迄五季鍾鼎甗鬲盤匜尊敦之欵識豐碑大碣顯人晦士之事蹟凡見於金石刻者二千卷皆是正譌謬去取褒貶上足以合聖人之道下足以訂史氏之失者皆載之可謂多矣嗚呼自王播元載之禍書畫與胡椒無異長輿元凱之病錢癖與傳癖何殊名雖不同其惑一也余建中辛巳始歸趙氏時先君作禮部員外郎丞相時作吏部侍郎侯年二十一在太學作學生趙李族寒素貧儉每朔望謁告出質衣取半千錢步入相國寺市碑文果實歸相對展玩咀嚼自謂葛天氏之民也後

二年出仕宦便有飯蔬衣練窮遐方絕域盡天下古文奇字之志日就月將漸益堆積丞相居政府親舊或在館閣多有亡詩逸史魯壁汲冢所未見之書遂盡力傳寫浸覺有味不能自已後或見古今名人書畫三代奇器亦復脫衣市易嘗記崇甯間有人持徐熙牡丹圖求錢二十萬當時雖貴家子弟求二十萬錢豈易得耶留信宿計無所出而還之夫婦相向惋悵者數日後屏居鄉里十年仰取俯拾衣食有餘連守兩郡竭其俸入以事鉛槧每獲一書即同共校勘整集籤題得書畫鼎彝亦摩玩舒卷指摘疵病夜盡一燭爲率故能紙札精緻字畫完整冠諸收書家余性偶強記每飯罷坐歸來堂烹茶指堆積書史言某事在某書某卷第幾葉第幾行以中否決勝負爲飲茶先後中即舉杯大笑至茶傾覆懷中反不得飲而起甘心老是鄉矣故雖處憂患困窮而志不屈收書既成歸來堂起書庫大櫥簿甲乙置書册如要講讀即請鑰上簿關出卷帙或

少損汚必懲責楷完塗改不復向時之坦夷也是欲求適意而反取憀慄余性
不耐始謀食去重肉衣去重采首無明珠翡翠之飾室無塗金刺繡之具遇書
史百家字不刓闕本不譌謬者輒市之儲作副本自來家傳周易左氏傳故兩
家者流文字最備於是几案羅列枕藉意會心謀目往神授樂在聲色狗馬之
上至靖康丙午歲侯守淄川聞金人犯京師四顧茫然盈箱溢篋且戀戀且悵
悵知其必不爲已物矣建炎丁未春三月奔太夫人喪南來既長物不能盡載
乃先去書之重大印本者又去畫之多幅者又去古器之無欵識者後又去書
之監本者畫之平常者器之重大者凡屢減去尚載書十五車至東海連艫渡
淮又渡江至建康青州故第尙鎖書册什物用屋十餘間期明年春再具舟載
之十二月金人陷青州凡所謂十餘屋者已皆爲煨燼矣建炎戊申秋九月侯
起復知建康府己酉春三月罷具舟上蕪湖入姑熟將卜居贛水上夏五月至

池陽被旨知湖州過闕上殿遂駐家池陽獨赴召六月十三日始負擔捨舟坐岸上葛衣岸巾精神如虎目光爛爛射人望舟中告別余意甚惡呼曰如傳聞城中緩急奈何戟手遥應曰從衆必不得已先去輜重次衣被次書册卷軸次古器獨所謂宗器者可自負抱與身俱存亡勿忘也遂馳馬去塗中奔馳冒大暑感疾至行在病痁七月末書報臥病余驚怛念侯性素急奈何病痁或熱必服寒藥疾可憂遂解舟下一日夜行三百里比至果大服茈胡黄芩藥瘧且痢病危在膏肓余悲泣倉皇不忍問後事八月十八日遂不起取筆作詩絶筆而終殊無分香賣履之意葬畢余無所之朝庭已分遣六宫又傳江當禁渡時猶有書二萬卷金石刻二千卷器皿茵褥可待百客他長物稱是余又大病僅存喘息事勢日迫念侯有妹婿任兵部侍郎從衛在洪州遂遣二故吏先部送行李往投之冬十二月金人陷洪州遂盡委棄所謂連艫渡江之書又散爲雲烟

矣獨餘少輕小卷軸書帖寫本李杜韓柳集世說鹽鐵論漢唐石刻副本數十軸三代鼎彝十數事南唐寫本書數篋偶病中把玩搬在臥內者巋然獨存上江既不可往又虜勢叵測有弟迒任勑局删定官遂往依之到台台守已遁之剡出睦又棄衣被走黃巖顧舟入海奔行朝時駐蹕章安從御舟河道之溫又之越庚戌十二月放散百官遂之衢紹興辛亥春三月復赴越壬子又赴杭先侯疾亟時有張飛卿學士携玉壺過視侯便携去其實珉也不知何人傳道遂妄言有頒金之語或傳亦有密論列者余大惶怖不敢言亦不敢遂已盡將家中所有銅器等物欲赴外廷投進到越已移幸四明不敢留家中并寫本書寄剡後官軍收叛卒取去聞盡入故李將軍家所謂巋然獨存者無慮十去五六矣惟有書畫硯墨可五七簏更不忍置他所常在臥榻下手自開闔在會稽卜居土民鍾氏舍忽一夕空壁負五簏去余悲慟不得活重立賞收贖後二日鄰

人鍾復晧出十八軸求賞故知其盜不遠矣萬計求之其餘遂牢不可出今知盡爲吳說運使賤價得之所謂歸然獨存者乃十去其七八所有一二殘零不成部帙書册三數種平平書帖猶復愛惜如護頭目何愚也邪今日忽開此書如見故人因憶侯在東萊靜治堂裝卷初就芸籤縹帶束十卷作一帙每日晚吏散輒校勘二卷跋題一卷此二千卷有題跋者五百二卷耳今手澤如新而墓木已拱悲夫昔蕭繹江陵陷沒不惜國亡而毀裂書畫楊廣江都傾覆不悲身死而復取圖書豈人性之所著生死不能忘歟或者天意以余菲薄不足以享此尤物邪抑亦死者有知猶斤斤愛惜不肯留人間邪何得之難而失之易也嗚呼余自少陸機作賦之二年至過蘧瑗知非之兩歲三十四年之間憂患得失何其多也然有有必有無有聚必有散乃理之常人亡弓人得之又胡足道所以區區記其終始者亦欲爲後世好古博雅者之戒云紹興二年玄黓歲

壯月朔甲寅易安室題　雅雨堂刻金石錄

予以建中辛巳歸趙氏時丞相作吏部侍郎家素貧儉德甫在太學每月朔望謁告出質衣取半千錢步入相國寺市碑文果實歸相對展玩咀嚼後二年從宦便有窮盡天下古文奇字之志傳寫未見書買名人書畫古奇器有持徐熙牡丹圖求錢二十萬留信宿計無所得捲還之夫婦相向惋悵者數日及連守兩郡竭俸入以事鉛槧每獲一書卽日勘校裝緝得名畫彝器亦摩玩舒卷指摘疵病盡一燭爲率故紙札精緻字畫全整冠於諸家每飯罷坐歸來堂烹茶指堆積書史言某事在某書某卷第幾葉第幾行以中否勝負爲飲茶先後中則舉杯大笑或至茶覆懷中不得飲而起凡書史百家字不刓缺本不誤者輒市之儲作副本靖康丙午德甫守淄川聞虜犯京師盈箱溢篋戀戀悵悵知其必不爲己物建炎丁未奔太夫人喪南來既長物不

能盡載乃先去書之印本重大者畫之多幅者器之無欵識者已又去書之監本者畫之平常者器之重大者所載尚十五車連艫渡淮江其青州故第所鎖十間屋期以明年具舟載之又化爲煨燼己酉六月德甫駐家池陽獨赴行都自岸上望舟中告別予意甚惡呼曰如傳聞城中緩急奈何遙應曰從衆必不得已先棄輜重次衣衾次書冊次卷軸次古器獨宋（恐是宗字之誤）器者可自負抱與身俱存亡勿忘之徑馳馬去秋八月德甫以病不起時六宮往浙西予遣二吏部所存書一萬卷金石刻二千本先往洪州至冬虜陷洪遂盡委棄所謂連艫渡江者又散爲雲煙矣獨餘輕小卷軸寫本李杜韓柳集世說鹽鐵論石刻數十副幅鼎鼐十數及南唐書數篋偶在臥內巋然獨存上江既不可往乃之台溫之衢之越之杭寄物於嵊縣庚戌春官軍收叛卒悉取去入故李將軍家巋然者十失五六猶有五七麓挈家寓越城一夕爲

盜冗壁負五簏去盡為吳說運使賤價得之僅存不成部帙殘書策數種忽閱此書如見故人因憶德甫在東萊靜治堂裝標初就芸籤縹帶束十卷作一帙日校二卷跋一卷此二千卷有題跋者五百二卷耳今手澤如新木墓已拱乃知有有必有無有聚必有散亦理之常又胡足道所以區區記其終始者亦欲為後世好古博雅者之戒云 容齋四筆

按此序據容齋四筆云龍舒郡庫刻其書而此序不見取比獲見原稿於王順伯因為撮述大概又云時紹興四年也易安五十二矣與諸刻本全序所題時代均不同然洪邁距易安較近所述當可依據

打馬圖經序

慧則通通即無所不達專則精精即無所不妙故庖丁之解牛郢人之運斤師曠之聽離婁之視大至於堯舜之仁桀紂之惡小至於擲豆起蠅巾角拂棊皆臻至理者何妙而已後世之人不惟學聖人之道不到聖處雖嬉戲之事亦不

得其依稀彷彿而遂止者多矣夫博者無他爭先術耳故專者能之予性喜博凡所謂博者皆耽之晝夜每忘寢食且平生多寡未嘗不進者何精而已自南渡來流離遷徙盡散博具故罕爲之然實未嘗忘於胸中也今年十月朔聞淮上警報江浙之人自東走西自南走北居山林者謀入城市居城市者謀入山林傍午絡繹莫不失所易安居士亦自臨安泝流涉嚴灘之險抵金華卜居陳氏第乍釋舟檝而見軒窗意頗適然更長燭明奈此良夜何於是博弈之事講矣且長行葉子博塞彈棋近世無傳若打褐大小猪窩族鬼胡畫數倉賭快之類皆鄙俚不經見藏酒樗蒱雙蹙融近漸廢絕選仙加減插關火質魯任命無所施人智巧大小象戲弈棋又惟可容二人獨采選打馬特爲閨房雅戲嘗恨采選叢繁勞於檢閱故能通者少難遇勍敵打馬簡要而苦無文采按打馬世有二種一種一將十馬謂之關西馬一種無將二十四馬者謂之依經馬流傳

既久各有圖經凡例可考行移賞罰各有異同又宣和間人取二種馬參雜加減大約交加僥倖古意盡矣所謂宣和馬者是也余獨愛依經馬因取其賞罰互度每事作數語隨事附見俟兒輩圖之不獨施之博徒實足貽諸好事使千萬世後知命辭打馬始自易安居士也紹興四年十一月二十四日易安室序

打馬圖經

打馬賦

歲令云徂盧或可呼千金一擲百萬十都尊俎具陳已行揖讓之禮主賓既醉不有博弈者乎打馬爰興樗蒱遂廢實小道之上流乃深閨之雅戲齊驅驥騄疑穆王萬里之行間列元黃類楊氏五家之隊珊珊珮響方驚玉蹬之敲落落星羅忽見連錢之碎若乃吳江楓冷（歷代賦彙作落）燕山葉飛玉門關閉沙苑草肥臨波不渡似惜障泥或出入用奇有類昆陽之戰或優游仗義正如涿鹿之師或

聞望久高脫復庾郎之失或聲名素昧便同癡叔之奇亦有緩緩而歸昂昂而去鳥道驚馳螘封安步崎嶇峻坂未遇王良蹻促鹽車難逢造父且夫邱陵云遠白雲在天心存戀豆志在著鞭止歸黃葉何異金錢用五十六采之間行九十一路之內明以賞罰覈其殿最運指麾於方寸之中決勝負於幾微之外且好勝者人之常情游藝者士之末技說梅止渴稍蘇奔競之心畫餅充飢少謝騰驤之志將圖實效故臨難而不回欲報厚恩故知幾而先退或銜枚緩進已踰關塞之艱或賈勇爭先莫悟穽塹之墜皆由（歷代賦彙作因）不知止足自貽尤悔兒爲之不已事實見於正經用之以誠（歷代賦彙作經）義必合於天德故繞牀大叫五木皆盧醧（歷代賦彙作灑）酒一呼六子盡赤平生不負遂成劍閣之師別墅未輸已破淮肥之賊今日豈無元子明時不乏安石又何必陶長沙博局之投正當師袁宏（歷代賦彙作彥）道布帽之擲也（以下一段歷代賦彙均無）辭曰佛狸之見卯年死貴賤紛紛尙流徙

滿眼驊騮兼綠耳時危安得眞致此老矣誰能志千里但願相將過淮水打馬圖經

歷代賦彙

上內翰綦公崈禮啓

清照啓素習義方粗明詩禮近因疾病欲至膏肓牛蟻不分灰丁已具嘗藥雖存弱弟膺門惟有老兵既爾蒼皇因成造次信彼如簧之說惑茲似錦之言弟既可欺持官文書來輒信身幾欲死非玉鏡架亦安知僶俛難言優柔莫决呻吟未定强以同歸視聽才分實難共處忍以桑榆之晚景配茲駔儈之下材身既懷臭之可嫌惟求脫去彼素抱璧之將往决欲殺之遂肆侵凌日加毆擊可念劉伶之肋難勝石勒之拳局地叩天敢效談娘之善訴升堂入室素非李赤之甘心梏而置對同凶醜以陳詞豈惟賈生羞絳灌爲儕何啻老子與韓非同傳但祈脫死莫望償金友凶橫者十旬蓋非天降居囹圄者九日豈是人爲抵

雀捐金利當安往將頭碎璧失固可知實自謬愚分知獄市此蓋伏遇內翰承旨搢紳望族冠蓋淸流日下無雙人間第一奉天克復本緣陸贄之詞淮蔡底平實以會昌之詔哀憐無告雖未解驂感戴鴻恩如眞出已故玆白首得免丹書淸照敢不省過知慚捫心識媿責全責智已難逃萬世之譏敗德敗名何以見中朝之士雖南山之竹豈能窮多口之談惟智者之言可以止無根之謗高鵬尺鷃本異升沈火鼠冰蠶難同嗜好達人共悉童子皆知願賜品題與加湔洗誓當布衣蔬食溫故知新再見江山依舊一瓶一鉢重歸畎畝更須三沐三蒸忝在葭莩敢茲塵瀆 雲麓漫抄

按此啟文筆劣下中雜有佳語俞理初謂是竄改本既係金沙雜揉故仍存之

論詞

樂府聲詩竝著最盛於唐開元天寶間有李八郎者能歌擅天下時新及第進

士開宴曲江榜中一名士先召李易服隱姓名衣冠故敝精神慘怛與同之宴所曰表弟願與坐末衆皆不顧既酒行樂作歌者進時曹元謙念奴嬌爲冠歌罷衆皆咨嗟稱賞名士忽指李曰請表弟來歌衆皆哂或有怒者及轉喉發聲歌一曲衆皆泣下羅拜曰此李八郎也自後鄭衛之音日熾流靡之變日繁亦有菩薩蠻春光好莎鷄子更漏子浣溪紗夢江南漁父等不可徧也五代干戈斯文道熄獨江南李氏君臣尙文雅故於小樓吹徹玉聲寒吹縐一池春水之辭語雖奇甚所謂亡國之音哀以思也逮至本朝禮樂文武大備又涵養百餘年始有柳屯田永者變舊聲作新聲出樂章集大得聲稱於世雖協音律而詞語塵下又有張子野宋子京兄弟熙豐而降晁次膺輩繼出雖時時有妙語而破碎何足名家至晏獻歐陽永叔蘇子瞻及魏夫人作爲小歌詞直如酌蠡水於大海然皆句讀不葺之詩爾又往往不協音律者何耶蓋詩文分平仄而歌

詩分五音又分五聲又分音律又分淸濁輕重且如近世所謂聲聲慢雨中花喜遷鶯既押平聲韻又押入聲韻玉樓春本押平聲韻又押上去聲又押入聲本押仄聲韻如押上聲則協如押入聲則不可歌矣王介甫曾子固文章似西漢若作小歌詞則人必絶倒不可讀也乃知别是一家知之者少後晏叔原賀方回秦少游黃魯直出始能知之又晏苦無鋪叙賀苦少典重秦則專主情致而少故實譬如貧家美女非不妍麗而終乏富貴黃卽尙故實而多疵病如良玉有瑕價自減半矣　苕溪漁隱叢話

逸句

白日正中歎龐翁之機捷堅城自墮憐杞婦之悲深　四六談麈

無午未二時之分有伯仲兩楷之似既繫臂而繫足實難弟而難兄玉刻雙璋錦挑對褓　瑯環記引文粹補遺

漱玉集卷二

宋李清照撰　大興李文綺輯

詩存

題八詠樓

千古風流八詠樓江山留與後人愁水通南國三千里氣壓江城十四洲（彤管遺編）

夏日絕句（名媛詩詞僅題絕句）

生當作（名媛詩詞作爲）人傑死亦爲（名媛詩詞作作）鬼雄至今思項羽不肯過江東（萬歷章邱縣志藝文　彤管遺編　歷朝名媛詩詞）

感懷

宣和辛丑八月十日到萊獨坐一室平生所見皆不在目前几上有禮韻因信守開之約以所開爲韻作詩偶得子字因以爲韻作感懷

詩

寒窗敗几無書史公路可憐合至此青州從事孔方兄（名媛詩詞作君）終日紛紛喜生事作詩謝絕聊閉門燕寢凝香有佳思靜中我乃得至交烏有先生子虛子（彤管遺編　歷朝名媛詩詞）

春殘

春殘何事苦思鄉病裡梳頭恨最（或作髮）長粱燕語多終日在（名媛詩詞作伴）薔薇風細一簾香（歷朝閨雅　彤管遺編　清聖祖御選四朝詩　歷朝名媛詩詞）

曉夢

曉夢隨疎鐘飄然躡雲霞因緣安期生邂逅萼綠華秋風正無賴吹盡玉井花共看藕如船同食棗如瓜翩翩座上客意妙語亦佳嘲辭鬭詭辨活火分新茶雖非助帝功其樂莫可涯人生能如此何必歸故家起來斂衣坐掩耳厭喧譁

心知不可見念念猶吝嗟 彤管遺編 歷朝名媛詩詞

浯溪中興頌碑和張文潛韻

五十年功如電掃華清花柳咸陽草五坊供奉鬬雞兒酒肉堆中不知老胡兵忽自天上來逆胡亦是姦雄才勤政樓前走胡馬珠翠踏盡香塵埃何爲出戰輒披靡傳置荔枝多馬死堯功舜德本如天安用區區紀文字著碑銘德眞陋哉乃令神鬼磨山崖子儀光弼不用（香祖筆記浯溪攷均作自）猜天心悔禍人心開夏爲殷鑑當深戒簡策汗青今具在君不見當時張說最多機雖生已被姚崇賣

君不見驚人廢興（香祖筆記浯溪攷均作興廢）傳天寶中興碑上今生草不知負國有姦雄但說成功尊國老誰令妃子天上來虢秦韓國皆天才苑中羯鼓玉方響春風不敢生塵埃姓名誰負知安史健兒猛將安眠死去天尺五抱甕峰峰頭鑿出開元字時移勢去眞可哀姦人心醜深如崖西蜀萬里尙能返南內一閉何時

開可憐孝德如天大反使將軍稱好在嗚呼奴輩乃不能道輔國用事張后尊乃能念春薺長安作斤賣 清波雜志　香祖筆記　浯溪攷

附張文潛耒原作

玉環妖血無人掃漁陽馬厭長安草潼關戰骨高於山萬里君王蜀中老郭公凜凜英雄才舉旗爲風偃爲雨灑掃九廟無氛埃元功高名誰與紀風雅不繼騷人死水部胸中星斗文太師筆下龍蛇字天遣二子傳將來高山十丈磨蒼崖誰持此碑入我室使我一見昏眸開百年興廢生嘆慨當旹數子今安在荒涼浯水棄不收時有遊人打碑賣　浯溪攷

詠史

雨漢本繼紹新室如贅旒所以嵇中散至死薄殷周 宋詩紀事引朱子游藝論評　彤管遺編

分得知字韻

學詩三十年緘口不求知誰遺好奇士相逢說項斯 彤管遺編

夜發嚴灘

巨鑑只緣因利往扁舟亦是爲名來往來有媿先生德特地通宵過釣臺 釣臺集

上樞密韓公工部尚書胡公 并序

紹興癸丑五月兩公使金通兩宮也易安父祖出韓公門下見此大號令不能忘言作詩各一章以寄意以待采詩者

三年夏六月天子視朝久凝旒望南雲垂衣思北狩如聞帝若曰岳牧與群后賢寧無半千運已遇陽九勿勤燕然銘勿種金城柳豈無純孝臣識此霜露悲何必羹捨肉便可車載脂土地非所惜玉帛如塵泥誰當可將命幣厚辭益卑四岳僉曰俞臣下帝所知中朝第一人春官有昌黎身爲百夫特行足萬人師嘉祐與建中爲政有臯夔匈奴畏王商吐蕃尊子儀夷狄已破膽將命公所宜公拜手稽首受命白玉墀曰臣敢辭難此亦何等時家人安足謀妻子不必辭願奉天地靈願奉宗廟威徑持紫泥詔直入黃龍城北人定稽顙侍子當來迎仁君方恃信狂生休請纓或收犬馬血與結天日盟

胡公淸德人所難謀同德協心志安脫衣已被漢恩煥離歌不道易水寒皇天久陰后土濕雨勢未回風勢急車聲轔轔馬蕭蕭壯士懦夫俱感泣閭閻嫠婦亦何知灑血投書干記室夷虜從來性虎狼不虞預備庸何傷衷甲昔昔聞楚幕乘城前日記平凉葵丘踐土非荒城勿輕談士棄儒生露布詞成馬猶倚崤函關出雞未鳴巧匠何曾棄樗櫟芻蕘之言或有益不乞隋珠與和璧只乞鄉關新信息靈光雖在應蕭蕭草中翁仲今何若遺氓豈尙種桑麻敗將如聞保城郭嫠家父祖生齊魯位下名高人比數當時稷下縱談時猶記人揮汗成雨子孫南渡今幾年漂流遂與流人伍欲將血淚寄山河去灑東山一坏土 雲麓漫抄

又

想見皇華過二京壺漿夾道萬人迎連昌宮裏桃應在華蕚樓頭鵲定驚但說帝心憐赤子須知天意念蒼生聖君大信明如日長亂何須在屢盟 雲麓漫抄

端午帖子詞

紹興癸亥端午易安在行都代親聯中爲內命婦者作

皇帝閣

日月堯天大璿璣舜歷長側聞行殿帳多集上書囊

皇后閣

意帖初宜夏金駒已過蠶至尊千萬壽行見百斯男

夫人閣

三宮催解欑妝罷未天明便面天題字歌頭御賜名 以上浩然齋雅談

帝皇閣

日月堯天大璿璣舜歷長或聞行殿帳多是上書囊莫進黃金簟新除玉局牀春風送庭燎不復用沉香 彤管遺編 歷朝名媛詩詞

按此首上半章與浩然齋雅談所載相同一併錄入待攷

貴妃閣

金環半后禮（名媛詩詞作禮）鈎弋比昭陽春生柏子帳喜入萬年觴（彤管遺編歷朝閨雅歷朝名媛）

詩詞

逸句

詩情如夜鵲三繞未能安　少陵也自可憐人更待明年試春草（風月堂詩話）

南來尚怯吳江冷北狩應悲易水寒　南渡衣冠少王導北來消息欠劉琨（詩話）

雋永

炙手可熱心可寒（志傳）

何況人間父子情（洛陽名園記序）

漱玉集卷三

詞存一　　宋李清照撰　大興李文裿輯

搗練子

歎萬木怯寒時倚欄初認月宮姬試新妝披素衣　孤標韻暗香奇冰容玉艷綴瓊枝借陽和天付伊（梅苑）

如夢令（酒興）

常記溪亭日暮（樂府雅詞作夢）沈醉不知歸路興盡晚（全芳備祖作欲）回舟誤入藕花（花草粹編作芙渠）深處爭渡爭渡驚起一行（樂府雅詞作灘）鷗鷺（歷代詩餘樂府雅詞全芳備祖花草粹編花菴詞選文津閣本漱玉詞　四印齋本漱玉詞）

又

昨夜雨疎風驟濃睡不消殘酒試問捲簾人却道海棠依舊知否知否應是綠肥紅瘦 歷代詩餘 樂府雅詞 花草粹編 彤管遺編 花菴詞選 文津閣本漱玉詞 四印齋本漱玉詞

又

誰伴明聰獨坐我共影兒兩個燈盡欲眠時影也把人抛躲無那無那好個悽惶的我 詞統

生查子

年年玉鏡臺梅蕊宮妝困今歲不歸來怕見江南信 酒從別後疎淚向愁中盡遙想楚雲深人遠天涯近 歷代詩餘 四印齋本漱玉詞

點絳唇

蹴罷秋千起來慵整纖纖手露濃花瘦薄汗輕衣透 見有人來韈剗金釵溜和羞走倚門回首却把青梅齅 歷代詩餘 詞林萬選 四印齋本漱玉詞

又 閨思

寂寞深閨柔腸一寸愁千里名媛詩詞作縷惜春春去幾點催花雨 倚徧闌干祇是無情緒人何處連天芳樹文津閣本作芳草 花草粹編作衰草望斷歸來路歷代詩餘 花草粹編 文津閣本漱玉詞 四印齋本漱玉詞 歷朝名媛詩詞

浣溪紗

淡蕩春光寒食天玉爐沉水裊殘烟夢回山枕隱花鈿 海燕未來人鬬草江梅已過柳生緜黃昏疎雨濕秋千歷代詩餘 花草粹編 樂府雅詞 陽春白雪 四印齋本漱玉詞

又

繡幕芙蓉一笑開斜偎寶鴨襯香腮眼波才動被人猜 一面風情深有韻半牋嬌恨寄幽懷月移花影約重來歷代詩餘 四印齋本漱玉詞

又

樓上晴天碧四垂樓前芳草接天涯勸君（歷代詩餘四印齋本均作傷心）莫上最高梯　新笋看（歷代詩餘名媛詩詞四印齋本均作已）成堂下竹落花都上（歷代詩餘名媛詩詞四印齋本均作入）燕巢泥忍聽林表杜鵑啼（歷代詩餘　歷朝名媛詩詞　四印齋本漱玉詞）

又

髻子傷春嬾（名媛詩詞作惱）更梳晚風庭院落梅初淡雲來往月疎疎　玉鴨薰爐閒瑞腦朱櫻斗帳掩流蘇通犀還解辟寒無（歷代詩餘　詞綜　四印齋本漱玉詞　歷朝名媛詩詞）

又

小院閒窗春色深重簾未捲影沉沉倚樓無語理瑤琴　遠岫出雲（花草粹編作山）催薄暮細風吹雨弄輕陰梨花欲謝恐難禁（歷代詩餘　花草粹編　樂府雅詞　類編草堂詩餘）

按此闋類編草堂詩餘作歐陽永叔撰查六一詞中浣溪紗凡九詞並無此首

又

莫許杯深琥珀濃未成沈醉意先融疎鐘已應晚來風 瑞腦香銷魂夢斷辟寒金小髻鬟醒時空對燭花紅 樂府雅詞 四印齋本漱玉詞

減字木蘭花

賣花擔上買得一枝春欲放淚染輕勻猶帶彤霞曉露痕 怕郎猜道奴面不如花面好雲鬢斜簪徒要教郎比並看 花草粹編 四印齋本漱玉詞

菩薩蠻

風柔日薄春猶早夾衫乍著心情好睡起覺微寒梅花鬢花草粹編作髩上殘 故鄉何處是忘了除非醉沈水臥時燒香消酒未消 樂府雅詞 四印齋本漱玉詞 花草粹編 四印

又

歸鴻聲斷殘雲碧背窗雪落爐烟直燭底鳳釵明釵頭人勝輕 角聲催曉漏曙花草粹編作曙色回牛斗春意看花難西風留舊寒 樂府雅詞 四印齋本漱玉詞 花草粹編 四印

又

綠雲鬢上飛金雀愁眉翠斂春煙薄香閣掩夫容畫屏山幾重　牕寒天欲曙猶結同心苣啼粉汚羅衣何郎何日歸　詞統

采桑子

晚來一陣風兼雨洗盡炎光理罷笙簧却對菱花淡淡妝　絳綃縷薄冰肌瑩雪膩酥香笑語檀郎今夜紗幮枕簟涼　歷代詩餘　四印齋本漱玉集詞

按半塘云此闋詞意膚淺不類易安手筆

喜團圓

輕攢碎玉玲瓏竹外脫去繁華殢東君先點破壓群花　瘦影生香黃昏月館清淺溪沙仙標淡竚偏宜么鳳肯帶棲鴉　梅苑

訴衷情　枕上聞殘梅噴香　案訴衷情有單調有雙調此詞名訴衷情令一名漁父家風張元幹嚴仁皆同

夜來沈醉卸妝遲梅萼插殘枝酒醒薰破惜春夢遠花草粹編作春睡夢斷又不成歸

人悄悄月依依翠簾垂更挼殘蘂更撚餘香更得些時案訴衷情有單調有雙調皆與此詞不同

雅訴衷情令相合但前段第三句六字第四句五字此詞前段五句下三句皆作四字一句較譜多一字或傳寫譌增或當時本有此體然宋人皆無此塡者

附註佚攷　樂府雅詞　花草粹編　四印齋本漱玉詞

按以上案語二則均照錄樂府雅詞原本

好事近

風定落花深簾外擁紅堆雪長記海棠開後正是是字疑衍傷春時節　酒闌歌罷玉樽空青缸花草粹編作紅暗明滅魂夢不堪幽怨更一聲啼花草粹編作殘鴂樂府雅詞花草粹編　四印齋本漱玉詞

憶少年

疎疎整整斜斜淡淡盈盈脈脈徒憐暗香句笑梨花顏色　羈馬蕭蕭行又急

空回首水寒沙白天涯倦牢落忍一聲羌笛 梅苑 永樂大典

清平樂

年年雪裏常挿梅花醉挼盡梅花無好意贏得滿衣清淚 今年海角天涯蕭蕭兩鬢生華看取晚來風勢故應難看梅花 歷代詩餘 花草粹編 梅苑 四印齋本漱玉詞

又

寒溪過雪梅蕊春前發照影弄姿香苒苒臨水一枝風月 夢遊髣髴仙鄉綠窗曾見幽芳事往無人共說愁聞玉笛聲長 梅苑

春光好

看看臘盡春回消息到江南早梅昨夜前村深雪裏一朶花開 盈盈玉蘂如裁更風細清香暗來空使行人腸欲斷駐馬徘徊 梅苑

攤破浣溪紗

揉破黃金萬點輕，剪成碧玉葉層層，風度精神如彥輔，太鮮明。梅蕊重重何俗甚，丁香千結苦麄生，薰透愁人千里夢，却無情。花草稡編

又

病起蕭蕭兩鬢華，臥看殘月上窗紗，豆蔻連梢煎熟水，莫分茶。枕上詩篇閒處好，門前風景雨來佳，終日何人多蘊藉，木樨花。歷代詩餘

按此闋歷代詩餘題南唐浣溪紗，據詞律云此調本以浣溪紗原調結句破七字爲十字，故名攤破浣溪紗，後人因唐李主詞細雨小樓二句膾炙千古，竟名爲南唐浣溪紗云云。

添字采桑子 芭蕉

窗前誰種四印齋本作種得芭蕉樹，陰滿中庭，陰滿中庭，葉葉心心，舒卷有餘情。傷心枕上三更雨，點滴淒清，點滴淒清，愁損離人，不慣起來聽。歷代詩餘 四印齋本漱玉詞

按此詞花草稡編誤作減字木蘭花，全芳備祖作添字醜奴兒，後段點滴淒清作點滴霖霪，愁損離人不慣起來聽作愁損北人不慣聽。

憶秦娥

臨高閣亂山平野烟光薄烟光薄栖雅遶後莫天聞角　斷香殘酒情懷惡□□催襯梧桐落梧桐落又還秋色又還寂寞 全芳備祖

武陵春 暮春

風住塵香花詞譜詞律均作春已盡日晚詞譜詞律均作晚倦梳頭物是人非事事休欲語淚先流　聞説雙溪春尚好也擬汎輕名媛詩詞作扁舟只恐雙溪舴艋舟載不動許多愁 歷代詩餘 彤管遺編 詞綜 箋注羣英草堂詩餘 欽定詞譜 詞律 歷朝名媛詩詞

柳梢青

子規啼血可憐又是春歸時節滿院東風海棠鋪綉梨花飛雪　丁香露泣殘枝詞譜作算未比愁腸寸結自是休又詞譜作文多情多感不干風月 箋注群英草堂詩餘 七修類稿 欽定詞譜

按此詞詞譜作賀方回撰不知何所依據

醉花陰 九日

薄霧濃雲（詞律作霧）愁永晝瑞腦銷（花草粹編羣英草堂詩餘名媛詩詞詞律均作噴）金（全芳備祖作香）獸佳（全芳備祖花草粹編作時）節又重陽玉（彤管遺編群英草堂詩餘詞律均作寶）枕紗幮（彤管遺編作窗）半夜涼（花草粹編彤管遺編羣英草堂詩餘詞律均作秋）初透　東籬把酒黃昏後有暗香盈袖莫道不銷魂簾捲西風人似（全芳備祖名媛詩詞彤管遺編詞律均作比）黃花瘦（樂府雅詞歷代詩餘花草粹編全芳備祖彤管遺編詞綜箋注群英草堂詩餘詞律四印齋本漱玉詞歷朝名媛詩詞）

南歌子

天上星河轉人間翠（花草粹編四印齋本均作簾）幕垂涼生枕簟淚痕滋起解羅衣聊問夜何其翠貼蓮蓬小金銷藕葉稀舊時天氣舊時衣只有情懷不似舊家時（樂府雅詞　歷代詩餘　花草粹編　四印齋本漱玉詞）

怨王孫

夢斷漏悄，愁濃酒惱寶枕生寒翠屏向曉門外誰掃殘紅夜來風 玉簫聲斷人何處春又去忍把歸期負此情此恨此際擬託行雲問東君 花草粹編 歷代詩餘 箋注 羣英草堂詩餘 文津閣本漱玉詞 四印齋本漱玉詞

又 春暮

帝里春晚重門深院草綠階前暮天雁斷樓上遠信誰傳恨緜緜 多情自是多沾惹難棄捨又是寒食也秋千巷陌人靜皎月初斜浸梨花 花草粹編 歷代詩餘 文津閣本漱玉詞 四印齋本漱玉詞 歷朝名媛詩詞

又一體 賞荷

湖上風來波浩渺秋已暮紅稀香 樂府雅詞 四印齋本均無香字 少水光山色與人親說不盡無窮好 蓮子已成荷葉老清露洗蘋花汀草眠沙鷗鷺不回頭應 樂府雅詞 四印齋本

均作似也恨人歸早歷代詩餘　樂府雅詞　四印齋本漱玉詞

浪淘沙閨情

素約小腰身不耐傷春疎梅影下晚妝新裊裊婷婷何樣似一縷輕雲　歌巧動朱脣字字嬌嗔桃花深徑一通津悵望瑤臺清夜月還照文津閣本作送歸輪歷代詩餘　文津閣本漱玉詞　四印齋本漱玉詞

按文津閣本調作雨中花誤

又

簾外五更風吹夢無踪畫樓重上與誰同記得玉釵斜撥火寶篆成空　回首紫金蜂雨潤烟歷代詩餘作雲濃一江春浪四印齋本作水醉醒中留得羅襟前日淚彈與征鴻詞綜　詞林萬選　歷代詩餘　四印齋本漱玉詞　歷朝名媛詩詞

按此闋詞綜作賣花聲據詞律云雙調浪淘沙一名賣花聲乃創自南唐後主也

鷓鴣天

盡（花草粹編作寒）日蕭蕭上瑣窗梧桐應恨夜來霜酒闌更喜團茶苦夢斷偏宜瑞腦香 秋已盡日猶長仲宣懷遠更淒涼不如隨分尊前醉（花草粹編作酒）莫負東籬菊蕊黃 樂府雅詞 歷代詩餘 花草粹編 四印齋本漱玉詞

又

暗淡輕黃體性柔情疏跡遠只香留何須淺碧深紅色自是花中第一流 梅定妒菊應羞畫闌開處冠中秋騷人可煞無情思何事當年不見收 全芳備祖前集

二色宮桃

縷玉香苞（詞譜作葩）酥點萼正萬木園林蕭索惟有一枝雪裏開江南有信憑誰托（詞譜作江南信更憑誰託） 前年記賞登高閣歎年來舊歡如昨聽取樂天一句云花開處且須行樂 梅苑 欽定詞譜

玉樓春 紅梅

紅酥肯放瓊瑤（梅苑作苞）碎探着南枝開徧未不知蘊藉幾多時（花草粹編梅苑俱作香）但見包藏無限意 道人憔悴春牕底悶拍（花草粹編梅苑俱作悶損）闌干愁不倚要來小看（花草粹編作着 梅苑作酌）便來休未必明朝風不起（歷代詩餘本漱玉詞 花草粹編 梅苑 四印齋本漱玉詞）

又 臘梅

臘前先報東君信清似龍涎香得潤黃輕不肯整齊開比着紅梅仍舊韻 纖枝瘦綠天生嫩可惜輕寒摧挫損劉郎只解悞桃花悵恨今年春又盡（梅苑）

瑞鷓鴣 雙銀杏

風韻雍容未甚都樽前甘橘可爲奴誰憐流落江湖上玉骨冰肌未肯枯 誰教並蒂蓮枝摘醉後明皇倚太眞居士擘開眞有意要吟風味兩家新（花草粹編 四印齋本漱玉詞）

小重山

春到長門春草青江梅些子破未開勻碧雲籠碾玉成塵留歷代詩餘無留字晚四印齋本作曉夢驚破一甌雲樂府雅詞花草粹編四印齋本均作春花影壓重門疎簾舖淡月好黃昏二年三度負東君歸來也著意過今春樂府雅詞 歷代詩餘 花草粹編 四印齋本漱玉詞

一翦梅 離別

紅藕香殘玉簟秋輕解羅裳獨上蘭舟雲中誰寄錦書來鴈字回詞律作來時月滿名媛詩詞文津閣本及花草粹編俱多一西字樓花自飄零水自流一種相思兩處閒樂府雅詞無閒字愁此情無計可消除纔下眉頭却花草粹編名媛詩詞作又上心頭歷代詩餘 樂府雅詞花草粹編 彤管遺編箋注羣英草堂詩餘 詞律 文津閣本漱玉詞 四印齋本漱玉詞 歷朝名媛詩詞

河傳

香苞素質天賦與傾城標格應是曉來暗傳東君消息把孤芳回暖律 壽陽

粉面增妝飾說與高樓休更吹羌笛花下醉賞留取時倚闌干鬬清香添酒力

梅苑　永樂大典

臨江仙

歐陽公作蝶戀花有深深深幾許之句予酷愛之用其語作庭院深深數闋

庭院深深深幾許雲牕霧閣常扃柳梢梅蕚漸分明春歸秣陵樹人客（四印齋本作老）建安城　感月吟風多少事如今老去無成誰憐憔悴更凋零燈花空結蕊離別共傷情

樂府雅詞及四印齋本均作試燈無意思踏雪沒心情　歷代詩餘　樂府雅詞　花草粹編　四印齋本漱玉詞

又

庭院深深深幾許雲牕霧閣春遲爲誰憔悴瘦芳姿夜來清夢好應是發南枝玉瘦（花草粹編作捐）檀郎無限恨南樓羌管休吹濃香開（花草粹編作吹）盡有誰知暖風遲

日也別到杏花時（花草粹編作肥詞）

歷代詩餘　花草粹編

四印齋本漱玉

漱玉集卷四

宋李淸照撰　大興李文禖輯

詞存二

蝶戀花

淚揾（樂府雅詞作濕）征衣脂粉暖（樂府雅詞作滿）四（樂府雅詞作三）疊陽關聽了（樂府雅詞作唱到 花草粹編作唱了）千千遍人到山長水（樂府雅詞作山）又斷蕭蕭微雨聞孤館　惜別傷離分寸亂忘了臨行酒盞深和淺若有音書憑過雁東萊不似蓬萊遠（歷代詩餘　樂府雅詞　花草粹編）

又（上巳召親族）

永夜厭厭歡意少空夢長安認取長安道爲報今年春色好花光月影宜相照

隨意杯盤雖草草酒美梅酸恰稱人懷抱醉莫（四印齋本作裏）插花花莫笑可憐春似人將老（歷代詩餘　花草粹編　四印齋本漱玉詞）

又

暖雨和（樂府雅詞四印齋本均作晴）風初破凍柳眼梅腮已覺春心動酒意詩情誰與共淚融殘粉花鈿重　乍試夾衣（花草粹編作衫）金縷縫山枕欹斜（花草粹編作斜欹）枕損釵頭鳳獨抱濃愁無好夢夜闌猶翦燈花弄（歷代詩餘　樂府雅詞　四印齋本漱玉詞）

品令

零落殘紅（四印齋本多恰渾二字）似臙脂顏（四印齋本無顏字）色一年春事柳飛輕絮筍添新竹寂寞幽（四印齋本多閨坐二字）對小窗（四印齋本作園）嫩綠　登臨未足悵游子歸期促他年夢魂（四印齋本作魂夢）千里猶到城陰溪曲應有凌波時爲故人凝（四印齋本作留）目（花草粹編　四印齋本漱玉詞）

又一體

急雨驚秋曉今歲較秋風早一觴一詠更須莫負晚風殘照可惜蓮花已謝蓮

房尚小　汀蘋岸草怎稱得人情好有些言語也待醉折荷花向道道與荷花人比去年揔老 花草粹編　欽定詞譜

七孃子

清香浮動到黃昏向水邊疎影梅開盡 永樂大典作粉 溪邊畔 永樂大典作伴 清蕊有如淺杏一枝 永樂大典多一兒字 喜得東君信　風吹只怕霜侵損更新來 永樂大典作更欲折來 插向 永樂大典作任 多情鬢壽陽妝鑑 永樂大典作粧 雪肌玉瑩嶺頭別 永樂大典多一後字 微添粉 梅苑　永樂大典

小桃紅 今見珠玉詞

後園春早殘臘蒙烟草數樹寒梅欲綻香英小妹無端折盡釵頭朵滿把金尊細細傾　憶得往年同伴沈吟無限情只惱東風莫便吹零落惜取芳菲眼下明 梅苑

漁家傲

天接雲濤連曉霧星河欲曙（樂府雅詞四印齋本均作轉）千帆舞髣髴夢魂歸帝所聞天語殷勤問我歸何處　我報路長嗟日暮學詩復（樂府雅詞四印齋本均作謾）有驚人句九萬里風鵬正舉風休住篷舟吹取（樂府雅詞作向）三山去（歷代詩餘四印齋本漱玉詞　樂府雅詞　四印）

又

雪裏已和（四印齋本作知）春信至寒梅點綴瓊枝膩香臉半開嬌旖旎當庭際玉人浴出新妝洗　造化可能偏有意故教明月玲瓏地共賞金尊沉綠蟻莫辭醉此花不與羣花比（梅苑　四印齋本漱玉詞）

殢人嬌　後亭梅花開有感

玉瘦香濃檀深雪散今年恨探梅又（梅苑四印齋本均作較）晚江樓楚館雲間水遠清晝永凭欄翠簾低捲　坐上客來尊中酒滿歌聲共水流雲斷南枝可插更須頻剪莫直待西樓數聲羌管（花草粹編　梅苑　歷代詩餘）

行香子

天與秋光轉轉情傷探金英知近重陽薄衣初試綠蟻新嘗漸一番風一番雨一番涼　黃昏院落悽悽惶惶酒醒時往事愁腸那堪永夜明月空牀聞砧聲搗蛩聲細漏聲長（花草粹編）

又

草際鳴蛩（四印齋本作蛬）驚落梧桐正人間天上愁濃雲階月地（花草粹編作色）關鎖千重縱浮槎來浮槎去不相逢　星橋鵲駕（花草粹編作雀）經年纔見想離情別恨難窮牽牛織女莫是離中甚霎兒晴霎兒雨霎兒風（欽定詞譜三結句上均多一字　歷代詩餘　花草粹編　四印齋本）

漱玉詞　欽定詞譜

青玉案

征鞍不見邯鄲路莫便匆匆歸去秋正（花草粹編作風）蕭蕭（花草粹編作條）何以渡（四印齋本作所度）

明牕小酌暗燈清話最好留連處　相逢各自傷遲暮獨把新詞（四印齋本作詩）誦奇句鹽絮家風人所許如今憔悴但餘雙淚一似黃花（花草粹編作梅）雨（歷代詩餘花草粹編四印齋本漱玉詞）

御街行

世人作梅詞下筆便俗予試作一篇乃知前言不妄耳

藤牀紙帳朝眠起說不盡無佳思沉香烟斷玉鑪寒伴我情懷如水笛聲三弄梅心驚破多少春情意　小風疎雨蕭蕭地又催下千行淚吹簫人去玉樓空腸斷與誰同倚一枝折得人間天上沒個人堪寄（歷代詩餘花草粹編梅苑四印齋本漱玉詞）

此詞梅苑題孤鴈兒按詞律云即御街行

泛蘭舟

霜月亭亭時節野溪開冰灼故人信付江南歸也仗誰托寒影低橫輕香暗度

疎籬幽院何在秦樓朱閣稱簾幕　攜酒共看依依承醉更堪作雅淡一種天然如雪綴烟薄腸斷相逢手撚嫩枝追思渾似那人淺妝梳掠 梅苑

遠朝歸

金谷先春見乍開江梅晶明玉膩珠簾院落人靜雨疎煙細橫斜帶月又別是一般風味金尊裏任遺英亂點殘粉低墜　惆悵杜隴當年念水遠天長故人難寄山城倦眼無緒更看桃李當時醉魄算依舊徘徊花底斜陽外謾回首畫樓十二 梅苑

又

新律纔交早舊梢南枝朱汚粉膩烟籠淡妝恰値雨膏初細而今看了記他日酸甜滋味多應是伴玉簪鳳釵低椏斜墜　迤邐對酒當歌眷戀得芳心竟日何際春光付與尤是見欺桃李叮嚀寄語且莫負尊前花底棄沉醉儘銅壺漏

傳一二 梅苑

滿庭芳 殘梅

小閣藏春，閒牕鎖晝，畫堂無限深幽。篆香燒盡，日影下簾鈎。手種江梅漸好，何必臨水登樓。無人到，寂寥恰（梅苑作渾）似，何遜在揚州。　從來知韻勝，難禁（花草粹編、梅苑均作堪）雨藉，不耐風揉。更誰家橫笛，吹動濃愁。莫恨香消玉（花草粹編、梅苑均作雪）減，須信道埽跡（四印齋本原注云：別作跡埽）情留。難言處，良宵澹月，疎影尚風流。（歷代詩餘、花草粹編、梅苑、四印本漱玉詞）

轉調滿庭芳

芳草池塘，綠陰庭院，晚晴寒透窗紗。玉鈎金鏁，管是客來唦。寂寞樽前席上，惟愁海角天涯。能留否，荼蘼落盡，猶賴有梨花。　當年曾勝賞，生香薰袖，活火分茶。極目猶龍嬌馬，流水輕車。不怕風狂雨驟，恰才煮酒殘花。如今也，不成懷抱

得似舊時那（樂府雅詞　四印齋本漱玉詞）

鳳凰臺上憶吹簫　離別

香冷金猊被翻紅浪起來慵自（樂府雅詞作人未）梳頭任寶匳塵滿（樂府雅詞作閑掩）日上簾鈎生怕離懷別苦（樂府雅詞作閑愁暗恨）多少事欲說還休新來（樂府雅詞作今年）瘦非干酒病（樂府雅詞名媛詩詞群英草堂詩餘均作病酒）不是悲秋　休休（樂府雅詞作明朝）這回去也千萬徧（樂府雅詞彤管遺編群英草堂詩餘均作遍）陽關也則（樂府雅詞作即）難留念武陵人遠（樂府雅詞作春晚）烟（樂府雅詞作雲）鎖秦（樂府雅詞作重）樓惟有（樂府雅詞作記取）樓前流（樂府雅詞作綠）水應念我終日凝眸凝眸處從今又（樂府雅詞作更彤管遺編無）添一段（樂府雅詞作幾片）新愁（花草粹編　歷代詩餘　樂府雅詞　詞綜　箋注群英草堂詩餘　花菴詞選　古今詞選　彤管遺編　詞律　文津閣本漱玉詞　四印齋本漱玉詞　歷朝名媛詩詞）

聲聲慢

尋尋覓覓冷冷清清悽悽慘慘戚戚乍暖還寒時候最（名媛詩詞作正）難將息三杯兩

盞澹酒怎敵他晚詞綜文津閣本漱玉詞俱作曉來風急雁過也正傷心却是舊時相識滿
地黃花堆積憔悴損如今有誰堪摘守著窗兒獨自怎生得黑梧桐更兼細雨
到黃昏點點滴滴這次第怎一個愁字了得花草粹編 歷代詩餘 詞綜古今詞選 詞林萬選 文津閣
本漱玉詞 四印齋本漱玉詞 歷朝名媛詩詞

慶清朝慢

禁幄低張雕闌巧護就中獨占殘春谷華澹佇綽約俱見天眞待得羣花過後
一番風露曉妝新妖嬈能妒風笑月長殢東君 東城邊南陌上正日烘池館
競走香輪綺筵散目誰人可繼芳塵更好明光宮裡幾枝先向日邊勻金尊倒
拚了畫燭不管黃昏花草粹編 歷代詩餘 四印齋本漱玉詞

十月梅

千林凋盡一陽未報已綻南枝獨對霜天冒寒先占花期清香映月浮動臨淺

水疎影斜欹孤標不似綠李夭桃取次成蹊　縱壽陽妝臉偏宜應未笑天然雅態冰肌寄語高樓凭欄羌管休吹東君自是爲主調鼎鼐終付他時從今點綴百草千花須待春歸 梅苑

玉燭新

溪源新臘後見幾朵江梅裁翦（四印齋本云別作翦裁）初就暈酥砌（四印齋本云別作破）玉芳英嫩故把春心輕漏前村昨夜想弄月黃昏時候孤岸悄疎影橫斜濃香暗沾襟袖尊前賦與多才問（四印齋本云別作向）嶺外風光故人知否壽陽謾鬭終不似照水一枝清瘦風嬌雨秀好（四印齋本云別本好下有亂字）插繁華盈首須信（四印齋本多一道字）羌笛（四印齋本云別作笮）無情看看又奏 梅苑　四印齋本漱玉詞

念奴嬌 春日閨情

蕭條庭院又斜風細雨重門深（花草粹編彤管遺編古今詞選花菴詞選文津閣本四印齋本均作須）閉寵柳嬌

花 陽春白雪作鶯 寒食近 彤管遺編無近字 種種惱人天氣險韻詩成扶頭酒醒別是閒滋味
征 陽春白雪作飛 鴻過盡萬千心事難 陽春白雪作誰 寄 樓上幾日春寒簾垂四 陽春白雪作三 面
玉闌干慵 陽春白雪作閒拍闌干 倚被冷香消新夢覺 彤管遺編作覺夢 不許愁人不起淸露晨
流 四印齋本作梳 新 陽春白雪作疎 桐初引多少遊春意日 陽春白雪作雪 高烟斂更看今 陽春白雪作明 日
晴未 歷作詩餘花草粹編陽春白雪 文津閣本漱玉詞四印齋本漱玉詞 彤管遺編 古今詞選 花菴詞選

永遇樂

落日鎔金暮雲合璧人在何處染柳烟濃 貴耳集升菴詞品均引作輕 吹梅笛怨春意知幾
許元宵佳節融和天氣次第豈無風雨來相召香車寶馬謝他酒朋詩侶 中
州盛日閨門多暇記得偏重三五鋪翠冠兒撚金雪柳簇帶爭濟楚如今憔悴
風鬟霜 四印齋本作霧 鬢怕見夜間出去不如向簾兒底下聽人笑語 陽春白雪四印齋本漱玉詞

眞珠髻 紅梅

重重山外冉冉流光又是殘冬時節小園幽徑池邊樓畔翠木嫩條春別纖蘂輕苞粉蕚染猩猩鮮血乍幾日好景和風次第一齊催發　天然香豔殊絕比雙成皎皎倍增芳潔去年因遇東歸使指遠恨意曾攀折豈謂浮雲終不放滿枝明月但歎息時飲金鍾更繞叢叢繁雪 梅苑

擊梧桐

雪葉紅凋煙林翠減獨有寒梅難並瑞雪香肥碎玉奇姿迥得佳人風韻清標暗折芳心又是輕泄江南春信最好山前水畔幽閑自有橫斜疏影　盡日凭闌尋思無語可惜飄瓊飛粉但悵望王孫未賞空使清香成陣怎得移根帝苑開時不與衆芳近免教向深巖暗谷結成千萬恨 梅苑

沁園春

山驛蕭疎水亭清楚仙姿太幽望一枝頴脱寒流林外爲傳春信風定香浮斷

送光陰還同昨夜葉落從知天下秋憑闌處對冰肌玉骨姑射來遊　無端品笛悠悠似怨感長門人淚流柰微酸已寄靑靑杪助當年太液調鼎和饈樵嶺漁橋依稀精彩又何藉紛紛俗士求孤標在想繁紅鬧紫應與包羞　梅苑

多麗　詠白菊

小樓寒夜長簾幕低垂恨蕭蕭無情風雨夜來揉損瓊肌也不似貴妃醉臉也不似孫壽低眉樂府雅詞作愁眉韓令偷香徐娘傅粉莫將比擬未新奇細看取屈平陶令風韻正相宜微風起淸芬醞藉不減荼蘼　漸秋闌雪淸玉瘦向人無限依依似愁凝漢皐樂府雅詞作幕解珮似淚洒紈扇題詩明樂府雅詞作朗月淸風濃烟暗雨天教憔悴瘦花草粹編作度芳姿縱愛惜不知從此留得幾多時人情好何須更憶澤畔東籬　歷代詩餘　樂府雅詞　花草粹編　四印齋本漱玉詞

逸句

瑞腦煙殘沈香火冷 歲時廣記卷四十

條脫閑揎繫五絲 歲林廣記卷二十一

漱玉集卷五

大興李文裿輯

外編

志傳

李氏名清照號易安居士禮部員外郎格非女諸城翰林承旨趙明誠妻幼有才藻既長適明誠結褵未久明誠即負笈出遊清照書詞錦帕送之嘗以所作詞函致明誠明誠嘆息媿弗逮謝客忘寢食者三日夜得五十闋雜清照詞示友人陸德夫德夫稱絕佳者正清照作也其舅挺之相徽宗清照獻詩有云炙手可熱心可寒挺之排元祐黨人甚力格非以黨籍罷清照上詩救格非云何況人間父子情識者哀之明誠好儲經籍及三代鼎彝書畫金石刻連知萊淄二州謁俸入以事鉛槧清照與共校勘明誠作金石錄攷據精確多足正史書

之失清照實助成之靖康二年春明誠奔祖喪於建康半棄所藏其年十二月金人陷青州火其藏書十餘屋明誠諸城人而家於青也建炎二年起復知建康府三年召知湖州至行在病卒清照自爲文祭之既葬清照赴台州依其弟迒輾轉避難於越衢諸州紹興二年又赴杭州所攜古器物以次失去乃爲金石錄後序自述流離狀況清照爲詞家大宗嘗謂詞自唐五代無合格者宋柳永雖協音律而語塵下張子野宋子京兄弟沈唐元絳晁次膺有妙語而頗碎晏元獻歐陽永叔蘇子瞻所作似詩之句讀不葺者蓋詞別是一家知之者少晏叔原賀方回秦少游黃魯直能知之晏苦無鋪叙賀少典重秦專主情致而少故實黃尚古實而多疵病世以爲名論 道光濟南府志列女傳

李清照格非女晚號易安居士嫁趙挺之子明誠明誠著金石錄三十卷易安爲後序明誠守淄清照積書數萬卷金人南下清照倉皇渡海書漸散失有漱

玉集行世崇禎歷城縣志文苑傳

辨誣附

德夫之室李清照字易安婦人之能文者相傳以爲德夫之歿易安更嫁至有桑榆晚景駔儈下材之言貽世譏笑余以是書所作跋語攷之而知其決無是也德夫歿時易安年四十六矣遭時多難流離往來具有蹤蹟又六年始爲是書作跋是時年已五十有二匪夏姬之三少等季隗之就木以如是之年而猶嫁嫁而猶望其才地之美和好之情亦如德夫昔日至大失所望而後悔之又不肯飲恨自悼輒諜諜然形諸簡牘此常人所不肯爲而爲易安之明達爲之乎觀其洊經喪亂猶復愛惜一二不全卷軸如護頭目如見故人其惓惓德夫不忘若是安有一旦忍相背負之理此子輿氏所謂好事者爲之或造謗如碧雲騢之類其又可信乎易安父李文叔即撰洛陽名園

記者文叔之妻王拱辰孫女亦善文其家世若此尤不應爾余因刋是書而並爲正之毋令後千載下易安猶蒙惡聲也節盧見曾撰重刻金石錄序

讀雲麓漫鈔所載謝綦崈禮啓文筆劣下中雜有佳語定是竄改本又夫婦訐訟必自證之啟何以云無根之謗余素惡易安改嫁張汝舟之說雅雨堂刻金石錄序以情度易安不當得此事及見李心傳建炎以來繫年要錄采鄙惡小說比其事爲文案尤惡之後讀齊東野語論韓忠繆事云李心傳在蜀去天萬里輕信記載疏舛固宜又謝枋得集亦言繫年要錄爲辛棄疾造韓侂胄壽詞則所言易安文案謝啓事可知是非天下之公非望易安以不嫁也不甘小人言語使才人下配駔儈故以年分攷之凡詩文見類部小說詩話者攷合排次至紹興四年易安年五十三又紹興十一年五月十三日綦崈禮婿陽夏謝伋寓家台州自序四六談麈時易安年已六十伋稱爲趙

令人李若宗禮爲處張汝舟婚事伋親其婿不容不知又下至淳祐元年時及百年張端義作貴耳集亦稱易安居士趙明誠妻易安爲𤼵行迹章章可據趙彥衛胡仔李心傳等不明是非至後人貌爲正論碧雞漫志謂易安詞於婦人中爲最無顧藉水東日記謂易安詞爲不祥之具此何異謂直不疑盜嫂亂倫狄仁傑謀反當誅滅也且啓言牛蟻不分灰釘已具弟既可欺持官文書來輒信身幾欲死非玉鏡架亦安知呻吟未定強以同歸猥以桑榆之末影配茲駔儈之下才易安老命婦也何以改嫁復與官告又言視聽才分寔難共處惟求脫去决欲殺之遂肆欺淩日加毆擊豈期末事乃得上聞取之宸衷付之廷尉是爲閨房鄙論竟達闕廷帝察隱私詔之離異夫南渡倉皇海山奔竄乃舟車戎馬相接之時爲一駔儈之婦從容再降玉音宋之不君未應若此審視金石錄後序始知訟金事白綦有煎洗之力小人改易

安謝啟以飛卿玉壺爲汝舟玉臺用輕薄之詞作善謔之報而不悟牽連君父誣信廟堂則小人之不善於立言也劉時舉續通鑑云紹興四年八月趙鼎疏言草澤行伍求張浚不遂者人人投牒醜詆及其母妻四朝聞見錄有劾朱文公閨閫中穢事疏及朱謝罪表蓋其時風氣如此齊東野語又云黃尚書由妻胡夫人惠齋居士時人比之易安嘗指摘趙師羼放生池文誤惠齋已卒趙爲臨安府誘其逃婢證惠齋前與棋客鄭日新通遂黥配日新而尚書以帷薄不修罷按白獺髓云師羼初居吳郡及尹天府日延喬木爲門客喬教師羼子希蒼制古禮器於家釋菜黃尚書欲發遣之師羼乃毀器而逐喬是師羼與由以黥配門客相報又值惠齋有摘文之事乃並誣惠齋其事與易安同夫小人何足深責吾獨惜易安與惠齋以美秀之才好論文以中人忌也易安打馬圖言使兒輩圖之合之上胡尚書詩蓋易安無所出兒

輩乃格非子孫故其事散落於今之詞經批隙及好事傳述者亦輯之於事實有益可備好古明理者觀覽其僅見漱玉集者此不載也俞正燮撰易安居士事輯

按葉廷琯鷗陂漁話載李易安再嫁辨誣節略即係删節此篇故不重錄

癸巳類稿易安事輯書後 陸心源

李易安改嫁千古厚誣歙人俞理初爲易安事輯以辨之詳矣備矣惟張汝舟崇甯五年進士毘陵人見咸湻毘陵志欽宗時知紹興府見會稽志建炎三年以朝奉郎直秘閣知明州十二月召爲中書門下檢正諸房文字四年兼管安撫使復以直顯謨閣知明州見四明圖經五月上過明州歷奉儉簡遷一官六月乞祠主管江州太平觀紹興元年三月往池州措置軍務尋爲監諸君審計司二年九月以妻李氏訟其妄增舉數入官有司當汝舟私罪徒詔除名柳州編管見建炎以來要錄則汝舟既確有其人以李氏訟編管

亦確有其事理初僅以怨家改啓證易安無改嫁事幾若汝舟亦屬子虛不足以釋千古之疑而折服李心傳之心愚按汝舟即飛卿之名妻字上當奪趙明語三字耳高宗性好古玩與徽宗同汝舟必以進奉得官因進奉而徼及玉壺因玉壺之失而有獻璧北朝之誣因獻璧北朝之誣而易安有妄增舉數之報復不然妄增舉數與妻何害既不應與訟朝廷亦豈爲準理耶惟李氏被獻璧北朝之誣人人代抱不平故李氏一控而汝舟即奪職編管汝舟無可洩憤改其謝啓誣爲改嫁認爲伊妻其啟即汝舟所改非別有怨家也請列五證以明之汝舟先官秘閣直學士復官顯謨直學士故曰飛卿學士其證一也頌金之謗崈禮爲之左右得解事在建炎三年是年崈禮官中書舍人故曰內翰承旨汝舟之貶事在紹興二年則崈禮已爲侍郎翰林學士當曰學士侍郎不得曰內翰旨矣其證二也若要錄原本無趙明誠三字

注文既叙李格非女矣何不叙趙明誠妻改嫁汝舟乎其證三也男女婚嫁世間常事朝廷不須問官吏豈有文書啓云弟既可欺持官文書來即信當指蜚語上聞置獄而言改嫁不必由官有何官文書之有其證四也獻璧北朝可稱不根之言若改嫁確有其事何得云不根之言其證五也心傳誤據傳聞之辭未免疏謬若謂採鄙惡小說比附文案豈張汝舟亦無其人乎必不然矣 儀顧堂題跋

書陸剛甫觀察儀顧堂題跋後 李慈銘

陸氏心源儀顧堂題跋十六卷其中可取者甚多其書癸巳類稿易安事輯後謂張汝舟毘陵人崇甯五年進士見咸湻毘陵志又引建炎以來繫年要錄紹興二年九月張汝舟爲監諸軍審計司以妻李氏訟其妄增舉數入官詔除名柳州編管則汝舟既確有其人以李氏訟編管亦確有其事汝舟即

飛卿之名妻字上當脫趙明誠三字高宗性好古玩汝舟必以進奉得官因進奉而徽及玉壺因玉壺失而有獻璧北朝之誣因獻璧之誣而易安有妄增舉數之報蓋獻璧之誣人人代抱不平故李氏一控而汝舟即奪職編管汝舟無可洩憤改其謝啓誣爲改嫁認爲伊妻其啓即汝舟所改非別有怨家也則殊臆决不近理案嘉泰會稽志載宣和五年張汝舟以降授宣教郎直秘閣知越州越爲望郡是汝舟在徽宗時已通顯乾道四明圖經載建炎四年張汝舟以直顯謨閣知明州兼管內安撫使數月即罷圖經載是年汝舟之前已有劉洪道向子忞二人汝舟之後爲吳懋以建炎四年八月到任是汝舟在州不過一二月繫年要錄載紹興二年九月汝舟除名時官止右承奉郎則仕宦頗極沈滯安見其以進奉得官高宗頗好書畫未聞其好器玩易安金石錄後序言聞張飛卿玉壺事發在建炎三年九十月間時明誠甫於八月卒高宗方爲金人所迫流離奔竄即甚荒闇之

主尚安得留心玩好令人以進奉博官汝舟之名與飛卿之字亦不相配合且序言飛卿所示玉壺實珉也旋復携去則壺並不在德甫所易安妄告朝廷徵之趙氏且要錄言時建康置防秋安撫使擾攘之際或疑其饋璧北朝言者列以上聞或言趙張皆當置獄是明謂言官所發飛卿方有對獄之懼豈有自發而自誣之理易安後序亦謂何人傳道妄言頒金是並無怨飛卿之事安得謂人人代抱不平易安故訟其妄增舉數以爲報復至謂其啓即汝舟所改尤非情理汝舟以進士歷官已顯豈肎自謂駔儈下才及視聽才分實難共處且人即無良豈有冒認嫠婦以爲己妻趙李皆名人貴家易安婦人之傑海內衆著又將誰欺雖喪心下愚亦不至此要錄大書右承奉郎監諸軍審計司張汝舟屬吏以汝舟妻李氏訟其妄增舉數入官也其文甚明安得謂妻上脫趙明誠三字陸氏謂妄增舉數何與妻事朝廷亦豈爲準

理則閨房之內事有難言增舉入官欺罔朝廷安得置之不理此等事惟家人得知之故發即得實若它人之婦何從知之惟易安必無再嫁之事理初排比歲月證之甚明今即要錄所載比一節覈其年月更可瞭然易安金石錄後序自題紹興二年元黓歲壯月甲寅朔易安室題要錄系訟增舉事於紹興二年九月戊午朔相去一月豈有三十日內忽在趙氏爲嫠婦忽在張氏訟其夫此不待辨者也又易安於紹興三年五月上使金工部尚書胡松年詩有嫠家祖父生齊魯之句則易安以老寡婦終已無疑義要錄又載紹興二年八月丙辰是二十九日是月戊子朔後序題甲寅朔蓋筆誤甲寅是二十七日或是戊子朔甲寅脫戊子二字又朔甲寅誤倒古人題月日多有此例易安好古觀其用歲陽紀歲月名紀月可知直秘閣主管江州太平觀趙思誠守起居郎思誠明誠兄也則是時趙氏尚盛尤不容有此事要錄又載建炎三年閏八月和安大夫開州團練使致仕王繼先嘗以黃金三百兩從故秘閣修撰

趙明誠家市古器兵部尚書謝克家言恐疏遠聞之有累盛德欲望寢罷上批令三省取問繼先則所云徵及玉壺傳聞置獄當在此時王繼先本姦黠小人時方得幸必有恫喝趙氏之事而綦崈禮爲左右之得白故易安作啓以謝至張汝舟妻李氏或本易安一家與夫不咸訟訐離異當時忌易安之才如學士秦楚材者（秦檜之兄名梓）及被易安誚刺如張九成等者因將此事迻之易安（張九成爲紹興二年進士第一人其對策有桂子飄香之語易安因有桂子飄香張九成之謔亦足證其嫠居無事若方與後夫爭訟仳離豈尚有此暇力弄狡獪乎）或汝舟之妻亦嫺文字作文自述被夫欺凌毆擊之事其訟妄增舉數時亦必牽及閨門詬忤自求離絕及置獄根勘得實并遂其請後人因其適皆李姓遂牽合之李微之亦不察而誤采之俗語不實流爲丹青遂以漱玉之清才古今罕儷且爲文叔之女德甫之妻橫被惡名致爲千載脣人口實余故申而辨之補俞氏之闕正陸氏之誤可爲不易之定論矣（況周儀按）

易安如有改嫁之事當在建炎三年明誠卒後紹興二年汝舟編管以前今據俞陸二家所引建炎三年七月易安至建康八月明誠卒四年易安往台州之越州十二月至衢州紹興元年復之越二年之杭汝舟建炎三年知明州四年復知明州六月主管江州太平觀紹興元年往池州措置軍務尋爲監諸軍審計司二年九月以增舉入官除名編管此四年中兩人蹤跡判然何得爲嫁娶之事舊說冤謬不辨而明矣因校越縵跋尾書此以廣所未備

越縵堂乙集

妃子沼吳重歸少伯美人亡息再醮荊王簡帙工訛殊難理遺世傳易安居士再適張汝舟卒至對簿有與綦處厚啓云云爲時訕笑今以金石錄後序攷之易安之歸德甫在建中辛巳時年一十有八後二年癸未德甫出仕宦越二十三年靖康丙午德甫守淄川其明年建炎丁未奔母喪又明年戊申德甫起復知建康府又明年己酉春罷職夏被旨知湖州秋德甫遂病不起時易安年四十有六矣越五年紹興甲寅作金石錄後序時年五十有一其明年乙卯有上韓胡二公詩猶自稱閭閻嫠婦時年五十有二豈有就木之

齡已過隳城之淚方深顧爲此不得已之爲如漢文姬故事意必當時嫉元祐君子者攻之不已而及其後而文叔之女多才尤適供謠諑之喙致使世家帷簿百世而下蒙詬抱誣可慨也已

易安居士再適張汝舟卒至對簿有與綦處厚啓云云宋人說部多載其事大抵彼此衍襲未可盡信宋史李文叔傳附見易安居士不著此語而容齋去德甫未遠其載於四筆中無微辭也且失節之婦子朱子又何以稱乎反覆推之易安當不其然 以上蓮子居詞話

德州盧雅雨鹺使見曾作金石錄序力辨李易安再適之誣謂德父歿時易安年四十六矣又六年始爲是書作跋是時年已五十有二匪夏姬之三少等季隗之就木以如是之年而猶嫁嫁而猶望其才地之美和好之情亦如德父昔日至大失所望而後悔之又不肯飲恨自悼輙諜諜然形諸簡牘此

常人所不肯爲而謂易安之明達爲之乎觀其洊經喪亂猶復愛惜一二不全卷軸如護頭目如見故人其惓惓德父不忘若是安有一旦忍相背負之理此子輿氏所謂好事者爲之或造謗如碧雲騢之類其又可信乎陳雲伯大令亦云宋人小說往往汚衊賢者如四朝聞見錄之於朱子東軒筆錄之於歐陽公比比皆是又謂去年元夜一詞本歐陽公作後人誤編入斷腸集（漁洋山人亦嘗辨之）遂疑朱淑眞爲泆女皆不可不辨按去年元夜詞非朱淑眞作信矣李易安再適趙汝舟事詳趙彥衛雲麓漫鈔諸家皆沿其說盧氏獨力爲辨雪其意良厚特錄之以俟論世者取裁焉 冷廬雜識卷四

軼事

趙明誠幼時其父將爲擇婦明誠晝寢夢誦一書覺來惟憶三句云言與司合安上已脱芝芙草拔以告其父其父爲解曰汝殆得能文詞婦也言與司合是

詞字安上已脫是女字芝芙草拔是之夫二字非謂汝爲詞女之夫乎後李翁以女女之即易安也果有文章易安結褵未久明誠即負笈遠遊易安殊不忍別覓錦帕書一翦梅詞以送之 琅環記引外傳

易安以重陽醉花陰詞函致明誠明誠歎賞自愧弗逮務欲勝之一切謝客忘食忘寢者三日夜得五十闋雜易安作以示友人陸德夫德夫玩之再三曰只三句絕佳明誠詰之答曰莫道不銷魂簾捲西風人似黃花瘦政易安作也 琅環記引外傳

頃見易安族人言明誠在建康日易安每值天大雪即頂笠披簑循城遠覽以尋詩得句必邀其夫賡和明誠每苦之也 清波雜志

張子韶對策有桂子飄香之語趙明誠妻李氏嘲之曰露花倒影柳三變桂子飄香張九成 老學菴筆記

李易安趙清獻公之子婦趙挺之亦謚清獻莫廷韓云曾買易安墨竹一幅余惜未見 太平清話

易安居士能書能畫又能詞而尤長於文藻迄今學士每讀金石錄序頓令心神開爽何物老嫗生此寧馨大奇大奇 才婦錄

易安詞稿一紙乃清秘閣故物也筆勢清眞可愛此詞漱玉詞中亦載所謂離別曲者耶卷尾略無題識僅有點定兩字耳錄具於左

紅藕香殘玉簟秋云云右調一翦梅 清河書畫舫

韓玉父秦人後家錢塘李易安教以詩適閩人林子安 御選四朝詩卷首

胡夫人平江胡元功尚書女黃尚書由之妻自號惠齋居士精於琴書畫梅竹小景俱不凡時比李易安夫人 圖繪寶鑑

李格非女清照號易安居士工塡詞有漱玉集行世宅在柳絮泉上泉沫紛翻

如柳絮飛舞在金線泉東南於名泉屬第五　新齊音風綸集

國朝錢謙益絳雲樓書目地誌類有李文叔洛陽名園記陳景雲注云張琰序紹興八年也序中並及文叔女易安上書宰相救父事蓋文叔亦嘗坐元祐邪黨遠謫也宰相卽易安之舅趙挺之按今人於李易安但言其改嫁事不知有此事亦可謂不成人之美者也　茶香室三鈔

友人何平子維絜在濟南故書局買美人一軸乃李易安小像紙已黯然狀似憔悴所謂人比黃花瘦也按易安隨其夫趙明誠來牧吾淄北兵已逼倉皇行遁家室不能相保金石錄後序言之甚詳方明誠在太學時有人持徐熙牡丹求售以價重不能買還之夫妻悵惋累日余見徐熙花鳥與黃荃花卉並陳黃畫似勝於徐顈徐畫爲贋作當日徐畫品實在黃上也易安夫婦鑒賞故應不謬李易安故宅在濟南柳絮泉上　鄉園憶舊錄

文達有宋槧金石錄十卷即讀書敏求記所載自撫浙至入閣恆攜以自隨既屢跋之復爲其如夫人作記蓋竊比明誠易安云選巷叢譚卷二

易安居士三十一歲照立軸藏諸城某氏諸城古東武明誠鄉里也余與半唐各得撫本易安手幽蘭一枝半唐所藏改畫菊花右方政和甲午德父題辭清麗其詞端莊其品歸去來兮眞堪偕隱左方吳寬李澄中各題七絕一首按沈匏廬先生濤瑟榭叢談長白普次雲太守俊出所藏元人畫易安小照索題余爲賦二絕句云云未知即此本否易安別有茶䕷春去小影易安照初臨本諸城王竹吾前輩志修舊藏竹吾又蓄一奇石玲瓏透豁上有雲巢二分書下刻辛卯九月德父易安同記見賓王氏仍園竹中辛卯政和元年是年易安二十八歲蕙風簃隨筆卷二

詩詞話

易安居士李氏趙明誠之妻金石錄亦筆削其間南渡以來常懷京洛舊事晚

年賦元宵永遇樂詞云落日鎔金暮雲合璧已自工緻至於染柳烟輕吹梅笛怨春意知幾許氣象更好後疊云于今憔悴風鬟霜鬢怕見夜間出去皆以尋常語度入音律鍊句精巧則易平淡入調者難且秋詞聲聲慢尋尋覓覓冷冷清清淒淒慘慘戚戚此乃公孫大娘舞劍手本朝非無能詞之士未曾有一下十四疊字者用文選諸賦格後疊又云梧桐更兼細雨到黃昏點點滴滴又使疊字俱無斧鑿痕更有一奇字云守着窗兒獨自怎生得黑黑字不許第二人押婦人中有此文筆殆間氣也有易安文集 貴耳集

趙令人李號易安其祭湖州文曰白日正中歎龐翁之機捷堅城自墮憐杞婦之悲深婦人四六之工者 四六談麈

李格非字文叔濟南人詩文四十五卷文高雅條鬯有義味在晁秦之上詩稍不逮元祐末爲博士紹聖始爲禮部郎有挽蔡相確詩云邴吉勳勞猶未報衛

公精爽僅能歸豈蔡嘗汲引之乎挽魯直五言八句首云魯直今已矣平生作小詩下六句亦無褒文叔與蘇門諸人尤厚其殁也文潛誌其墓獨于山谷在日以詩往還而些詞如此良不可曉其過臨淄絕句云擊鼓吹笙七百年臨淄城闕尚依然如今只有耕耘者曾得當時九府錢試院五言云斗暄成小疾亦稍敗吾勤定是朱衣吏乘時欲舞文亦佳作文叔李易安父也文潛志云長女能詩嫁趙明誠 後村先生大全集

趙明誠金石錄三十卷李易安後序明誠之室文叔之女也其文淋漓曲折筆力不減乃翁中郎有女堪傳業文叔之謂耶 絳雲樓書目陳景雲注

李易安賀人孿生啟中有云無午未二時之分有伯仲兩楷之似既繫臂而繫足實難弟而難兄玉刻雙璋錦挑對褓註曰任文二子孿生德卿生於午道卿生於未張伯楷仲楷兄弟形狀無二白汲兄弟母不能辨以五綵繩一繫於臂

一繫於足 瑯環記引文粹拾遺

本朝婦人能文只有李易安與魏夫人李有詩大略云兩漢本繼紹新室如贅疣所以嵇中散至死薄殷周中散非湯武得國引之以比王莽如此等語豈女子所能 宋詩紀事引朱子遊藝論評

宋朱淑眞錢塘民家女也能詩詞偶非其類而悒悒不得志往往形諸語言文字閒有詩云鷗鷺鴛鴦作一池誰知羽翼不相宜東君不與花爲主何似休生連理枝所著有斷腸詩十卷傳于世王唐佐爲之傳後村劉克莊嘗選其詩若竹搖清影罩紗窗兩兩時禽噪夕陽謝却海棠飛盡絮困人天氣日初長之句爲世膾炙嘗賦詠史詩云筆頭去取萬千端後世由他恣意瞞王伯謾分心與跡成功到處一般難非婦人可造當時趙明誠妻李氏號易安居士詩詞尤獨步縉紳咸推重之其綠肥紅瘦之詞人比黃花瘦之語傳播古今又寵柳嬌花

之言爲詞話所賞識晦菴朱子云今時婦人能文只有李易安與魏夫人李有詠史詩云兩漢本繼紹新室如贅疣所以嵇中散至死薄殷周中散非湯武得國引之以比王莽如此等語豈女子所能以是方之淑眞似不及也（螘精雋）

趙明誠妻李格非女也善屬文於詩尤工晁無咎多對士大夫稱之如詩情如夜鵲三遶未能安少陵也自可憐人更待來年試春草之句頗膾炙人口格非山東人元祐間作館職（風月堂詩話）

李易安有句云詩情如夜鵲三遶未能安晁無咎稱之見朱弁風月堂詩話按二句新色照人却能抉出詩人神髓而得之女子尤奇（黃嬭餘話）

近時婦人能文詞如李易安頗多佳句如云綠肥紅瘦此語甚新（苕溪漁隱叢話）

前輩稱易安綠肥紅瘦爲佳句予謂寵柳嬌花語亦甚奇儁前此未有能道之者（花菴詞選）

李易安詞尋尋覓覓冷冷清清悽悽慘慘戚戚喬夢符效之作天淨沙詞云鶯鶯燕燕春春花花柳柳眞眞事事風風韻韻嬌嬌嫩嫩停停當當人人疊字又增其半然不若李之自然妥帖大抵前人傑出之作後人學鮮有能並美者 冷廬雜識卷六

近時李易安詞云尋尋覓覓冷冷清清悽悽慘慘戚戚起頭連疊七字以一婦人能創意出奇如此 鶴林玉露

李易安春晚詞子規啼血可憐又是春歸時節滿院東風海棠鋪綉梨花飛血丁香露泣殘枝誚未比愁腸寸結自是休又多情多感不干風月此乃首句四字第二第三摠成八字又是仄韻也 七修類稿

辛稼軒詞泛菊杯深吹梅角暖蓋用易安染柳烟輕吹梅笛怨也然稼軒改數字更工不妨襲用不然蓋盜狐白裘手耶 升菴詞品

毛稚黃（先舒）曰李易安春情淸露晨流新桐初引用世說全句渾妙嘗論詞貴開宕不欲沾滯忽悲忽喜乍遠乍近所爲妙耳如遊樂詞微須著愁思方不癡肥李春情詞本閨怨結云又少遊春意更看今日晴未忽爾開拓不但不爲題束併不爲本意所苦直如行雲舒卷自如人意耳（詞苑叢談）

宋閨秀李淸照號易安居士吾郡人詞家大宗其集名漱玉而詩不槪見兄西樵昔撰然脂集采摭最博止得其詩二句云少陵也是可憐人更待明年試春草此外了不可得陳士業寒夜錄乃載其和張文潛浯溪碑歌詩二篇未言出於何書予撰浯溪攷因錄入之（詩不重錄）二詩未爲佳作然出婦人手亦不易蚓易安之逸篇乎故著之（香祖筆記）

易安以詞擅長揮灑俊逸亦能琢鍊最愛其草綠堦前暮天鴈斷極似唐人其聲聲慢一闋張正夫稱爲公孫大娘舞劍器手以其連下十四疊字也此却不

是難處因調名聲聲慢而刻意播弄之耳其佳處後又下點點滴滴四字與前照應有法不是草草落句玩其筆力本自矯拔詞家少有庶幾蘇辛之亞 歷朝名媛詩詞

沈東江謙曰男中李後主女中李易安極是當行本色前此太白故稱詞家三李 詞苑叢談

易安在宋諸媛中自卓然一家不在秦七黃九之下詞無一首不工其鍊處可奪夢窗之席其麗處直參片玉之班蓋不徒俯視巾幗直欲壓倒鬚眉 雨村詞話

柴虎臣論李易安醉花陰詞曰語情則紅雨飛愁黃花比瘦可謂雅暢 古今詞論

張祖望曰惟有樓前流水應念我終日凝眸癡語也如巧匠運斤毫無痕迹 古今詞論

易安眼波纔動被人猜矜持得妙淑眞矯癡不怕人猜放誕得妙均善於言情

蓮子居詞話

易安一翦梅詞起句紅藕香殘玉簟秋七字便有呑梅吐雪不食人間烟火氣其實尋常不經意語也 兩般秋雨盦隨筆

易安居士言詩文分平仄而歌詞分五音又分五聲又分音律又分清濁輕重且如近世所謂聲聲慢雨中花喜遷鶯既押平聲韻又押入聲韻玉樓春本押平聲韻又押上去聲又押入聲本押仄聲韻如押上聲則協如押入聲則不可歌矣培按段安節言商角同用是押上聲者入聲亦可押也與易安所說不同余嘗取柳永樂章集按之其用韻與段說合者半不合者半乃知宋詞協韻比唐人較寬宋大樂以平入配重濁以上去配輕清亦與段圖不同大抵宋詞工者惟取韻之抑揚高下與律協者押之而不拘拘于四聲其不知律者則爲求工於詞句竝置此不論矣 香研齋詞塵

題詠

漱玉詞提要

清照號易安居士濟南人禮部郎提點東京刑獄格非之女湖州守趙明誠之妻也清照工詩文尤以詞擅名胡仔苕溪漁隱叢話稱其再適張汝舟未幾反目有啟事上綦處厚云猥以桑榆之晚景配茲駔儈之下才傳者無不笑之今其啟具載趙彥衛雲麓漫抄中李心傳建炎以來繫年要錄載其與後夫搆訟事尤詳此本爲毛晋汲古閣所刊卷末備載其軼事逸文而不錄此篇蓋諱之也按陳振孫書錄解題載清照漱玉詞一卷又云別本作五卷黃昇花菴詞選則稱漱玉詞三卷今皆不傳此本僅詞十七闋附以金石錄序一篇蓋後人裒輯爲之已非其舊其金石錄後序與刻本所載詳略迥殊蓋從容齋隨筆中鈔出亦非完篇也清照以一婦人而詞格乃抗軼周柳張端義貴耳集極推其元

胥詞永遇樂秋詞聲聲慢以爲閨閣有此文筆殆爲閒氣良非虛美雖篇帙無多故不能不保而存之爲詞家一大宗矣（四庫全書總目提要）

浚儀趙師厚（不譾）撰金石錄跋（開禧改元上巳日）

趙德甫所著金石錄鋟版於龍舒郡齋久矣尚多脫落茲幸假手於邦人張懷祖知縣既得郡文學山陰王君玉是正且惜夫易安之跋不附焉因刻以殿之用慰德父之望亦以遂易安之志云（金石錄）

吳郡歸震川（有光）撰金石錄跋

余少見此書於吳純甫家至是始從友人周思仁借鈔復借葉文莊公家藏本校之觀李易安所稱其一生辛勤之力頃刻雲散可以爲後人藏書之戒然余平生無他好獨好書以爲適吾性焉耳不能爲後日計也文莊公書無慮萬卷至今且百年獨無恙繙閱之餘手跡宛然爲之驚歎（金石錄）

揚州阮劉書之文如撰宋刻金石錄跋

易安此序言德甫夫婦之事甚詳宋史趙挺之傳傳後無明誠之事若非此序則德甫一生事蹟年月今無可考按後序作於紹興四年易安自言余自少陸機作賦之二年至過蘧伯玉知非之兩歲三十四年之間憂患得失何其多也是作序之年五十二矣序言十九歲歸趙氏時先君作禮部員外郎侯年二十一按德甫卒於建炎三年是德甫卒年四十九也易安十九歲爲建中靖國元年是年挺之爲禮部侍郎是趙李同官禮部時聯姻也序言建炎丁未按丁未三月猶是靖康五月始有建炎之號戊申方是建炎之元也又文選注引陸機傳云年二十而吳滅退臨舊里與弟雲勤學積十一年是士衡二十歲時乃歸里之年不能定爲作賦年或是易安別有所據或是離亂之時偶然忘記耳嘉慶戊寅阮劉文如跋

長白弈繪題宋刻金石錄

擘經老人著筆暇頗有閒情及鐘鼎家藏宋槧金石錄故紙不是雙鈎影今世碑影有雙鈎古宋本書天祿琳琅偶未入高宗訪求宋板書聚集目錄已盈八卷名天錄琳琅汲引今古得修綆相隨滇粵廿餘年今春擕入中書省惟日丁亥三月望殿閣參差月華靜燈前親寫第五跋不似東坡醉酩酊蘇詩曰醉眼有花書字大老人無睡漏聲長公平生不飲酒以七旬有五之年書法了無頹唐氣故云閏月丁亥索我詩我固願焉不敢請日吉辰良古所重萬舞登歌味尤永但慙前輩富題識恐汚蛟龍混蛙黽願公壽考如金石宋錄秦碑伴煙艇道光戊戌閏月望日丁亥應雲台相國命題後學奕繪

西林顧太清春撰金縷曲

日暮來青鳥啓芸囊紙光如砑香雲縹緲易安夫妻皆好古夏鼎商彝細攷聚絕世人間奇寶太息兵荒零落散剩殘編幾卷當年藁前人物後人保　雲台

相國親搜校押紅泥重重小印篇篇玉藻南渡君臣荒唐甚誰寫亂離懷抱遺憾訛言顛倒賴有先生爲昭雪算生年特記伊人老千古案平翻了　俚詞呈雲台老夫子靜春居伯母同教正西林春　西林春印　太清

文石主人撰宋刻金石錄跋

易安居士李氏趙丞相挺之之子諱明誠字德夫之內子也才高學博近代鮮倫其詩詞行于世甚多今觀爲其夫作金石錄後序使人歎息不已以見世間萬事眞如夢幻泡影而終歸于一空也

丙辰秋偶得古書數帙中有金石錄四册然止十卷後二十卷亡之矣因勒烏絲命侍兒錄此序于後以存當時故事易安此序委曲有情致殊不似婦女口中語文固可愛余夙有好古之癖且亦因以識戒云丙辰七夕後再日前史官華亭文石主人題于欽天山下學舍味道齋中　滂喜齋藏書記

長洲朱堯民凱撰打馬圖經跋

打馬爲戲其來久矣宋易安李氏以爲閨房雅戲相傳有格一卷不著作者名氏復有鄭寅子敬撰圖式一卷用馬三十李氏圖經用馬二十蓋三者互有不同大率與古樗蒱相似今雖不行而圖經間存李氏乃元祐文人格非之女有才藝適趙丞相挺之之子明誠明誠著金石錄乃共相攷究而成緜是名重一時此特其爲戲耳吾甥沈潤卿氏得而鋟木行之以資好事者之多聞豈欲人爲博奕者乎打馬經圖

黎陽端木子疇埰撰四印齋刻漱玉詞序

蛾眉見疾謠諑謂以善淫驥足籋雲駑駘誣其罣駕有宋以降無稽競鳴燈籠織錦潞國蒙讒屏角皴錢歐公受謗青蠅玷璧赤舌燒天越在偏安益熾騰說禮法如朱子而有帷薄穢汙之聞忠勇如岳王而有受詔逗遛之譖矧茲閨闥

詎免黿言易安以筆飛鸞聳之才際紫色蛙聲之會將杭作汴臏水殘山公卿容頭而過身世事跋胡而疐尾而乃銷洋文史趺宕詞華頌夢曆之靈長仰堯天之巍蕩思渡淮水志殲佛貍風塵懷京洛之思已增時忌金帛止翰林之賜益怒朝紳宜乎飛短流長變白爲黑誣義方之閨彥爲潦倒之夫娘壺可爲臺有類鹿馬之指啓將作訟何殊薏珠之冤此義士之所拊心貞媛之所扼腕者也聖朝章志貞教發潛闡幽埽撼樹之蚍蜉蕩含沙之䖸惑凡在佔畢濡毫之彥咸以彰善闡惡爲心是以黟山俞理初先生著癸巳類稿既爲昭雪於前吾鄉金偉軍先生主戊申詞壇復用參稽於後皆援志乘尚論古人事有據依語殊鑿空吾友幼霞閣讀家擅學林人游藝圃汲華劉井擢秀謝庭偶繙漱玉之詞深恫爍金之謬將刋專集藉雪厚誣以僕同心屬爲弁首嗚呼察詞於差論古貴識三至讒亟終啓投杼之疑十香詞淫竟種焚椒之禍所期哲士力埽妄

言如吾子之用心恨古人之不見苕華琢玉允光淑女之名漆室鉅幽齊下貞姬之拜 四印齋本漱玉詞

臨桂王幼霞鵬運撰漱玉詞跋

右易安居士漱玉詞一卷按此詞雖見於宋史藝文志直齋書錄解題世已久無傳本古虞毛氏刻之詩詞雜俎中者僅詞十七首四庫所收即是本也此刻以宋曾端伯樂府雅詞所錄二十三首爲主復旁搜宋人選本說部又得二十七首都爲一集而以俞理初孝廉易安居士事輯附焉易安晚節世多訾議甚至目其詞爲不祥得理初作發潛闡幽并是集亦爲增重獨是聞見無多搜羅恐尚未備然即此五十首中假托汙蠛之作亦已屢見昔端伯錄六一翁詞凡屬僞造者皆從刊削爲六一存眞此則金沙雜揉使人自得於披揀之下固理初之心亦猶之端伯之心云 四印齋本漱玉詞

侯官蕭召佩道管撰彙集易安居士詩文詞叙

昔人有云自遜抗機雲之死天地淸靈之氣不鍾于男而鍾于女此譌言也其實自牝雞無晨之說起雄飛雌伏本有偏重之勢故卽文章一事婦女者流寥寥天壤一有其人譽之者遂爲過情之言詬之者反爲負俗之累譽與詬皆由于少所見而多所詫而已易安再適之說根於恃才淩物忌者造言爲之辨者若盧雅雨之金石錄叙俞理初之癸巳類稿吳子律之蓮子居詞話亦詳且盡矣然實有不煩言解者世傳再適事據所竄上綦崇禮啓耳而中有內翰承旨之稱按沈該翰苑題石壁記建炎四年崇禮除徽猷閣直學士且出知漳州而金石錄後叙乃作于紹興二年又明年上胡韓二公詩猶稱嫠婦則其他尙何足與辨夫易安五十三歲以前所作詩文俱有年月事蹟可考忌之者何不卽其後之無可考者而誣之耶殆所謂天奪之魄耶易安所作非尋常婦人女子

批風抹月者所能歸來堂之鬬茶建康城上之披簑戴笠亦酸寒之樂事也不幸而寡又值天下大亂奔遁靡有甯居殆爲造物所忌使然耶抑悲與樂之相尋固消長之理有必然者耶余向者嘗謂人生子嗣一身憂樂不係乎是而怪世之愚婦人有子則不問賢愚美惡愛惜有逾身命無則終身大恨凡百如意不足以解憂直若空生一世者今觀易安之被誣且詩文詞零落殆盡論者以爲皆無子嗣之故然則向之所謂愚婦人者固不愚耶抑子嗣之不肖者亦雖有不必可恃耶易安文字雖零落而散見者猶復有此故都爲一集敘而存之

癸未七月道管書 道安室雜文

浦江宋景濂濂題李易安所書琵琶行後 有序

樂天謫居江州聞商婦琵琶抆淚悲嘆可謂不善處患難矣然其詞之傳讀者猶愴然況聞其事者乎李易安圖而書之其意蓋有所寓

而永嘉陳傅良題識其言則有可異者余戲作一詩正之於禮義亦古詩人之遺音歟其辭曰

佳人薄命紛無數豈獨潯陽老商婦青衫司馬太多情一曲琵琶淚如雨此身已失將怨誰此間哀樂長相隨易安寫此別有意字字欲訴中心悲永嘉陳侯好奇士夢裡繆爲兒女語花顏國色草上塵朽骨何堪汙唇齒生男當如魯男子生女當如夏侯女千年穢跡吾欲洗安得潯陽半江水 宋學士集

德州田子綸雯撰柳絮泉訪李易安故宅

跳波濺客衣演漾迴塘路清照昔年人門外垂楊樹沙禽一隻飛獨向前洲去

古懽堂集

益都趙秋谷執信登州雜詩之一

朱榜雕牆擁達官篇章雖在姓名殘有人齒冷君知否靜治堂中李易安 丹崖石刻

姓名多毀靜治堂趙明誠守郡時故額　飴山詩集

錢塘陳退菴文述題查伯葵撰李易安論後

李清照再適之說向竊疑之宋人雖不諱再嫁然攷序金石錄時年已五十有餘雲麓漫抄所載投綦處厚啓殆好事者爲之蓋宋人小說往往汚衊賢者如四朝聞見錄之於朱子東軒筆錄之於歐公比比皆是嘗欲製一文以雪其誣苦未得暇今讀伯葵所作可謂先得我心因題二絕以當跋語舊有題漱玉集四詩因併載焉

談娘善訴語何誣卓女琴心事本無賴有琵琶查八十情商一曲慰羅敷

宛陵新序寫烏絲微雨輕寒本事詩一樣沉寃誰解雪斷腸集裏上元詞去年元夜一詞本歐公作後人誤編入斷腸集遂疑淑眞爲佚女與此正同亦不可不辨也

題漱玉集

漱玉新詞入大家衛娘風貌亦芳華桐陰閒話芝芙夢第一消魂是鬬茶
解賦凌雲擅別裁連錢玉鐙競龍媒一篇打馬流傳徧如此嬋娟是異才
玉堂爭似紅閨好柏帳金環寫早春解製貴妃春帖子清照爲戚屬撰春帖子詞見能改齋漫錄翰林例有捉刀人
歸來堂上燦銀缸紗幔傳經小影幢愁絕紅樓詩弟子女士韓玉父受詩法於清照見四朝詩集一篷寒雨過盱江以上頤道堂詩外集

眞州李少平漢章題李易安打馬圖幷跋

予幼讀打馬賦愛其文知易安居士不獨詩餘一道冠絕千古且信晦翁之言非過許也長遊齊魯獲覩其圖益廣所未見然予性暗于博不解爭先之術第喜其措辭典雅立意名雋洵閨房之雅製小道之巨觀寓錦心繡口於遊戲之中致足樂也若夫生際亂離去國懷

土天涯遲暮感慨無聊既隨事以行文亦因文以見志又足悲矣暇日檢點完篇手錄一過貽諸好事庶有見作者之心焉

國破家亡感慨多中興汗馬久蹉跎可憐淮水終難渡遺恨還同說過河

南渡偷安王氣孤爭先一局已全輸廟堂只有和戎策慚愧深閨打馬圖

纔涉驚濤夢未安又聞虜馬飲江干桑榆晚景無人惜聊與驊騮遣歲寒 黃驥山人詩集

宛平女史黃友琴喜易安數百年覆盆昭雪因賦以詩

李氏本淸門趙亦大族裔淹通敵儒冠文采蔑儕類詎踰就木年而遣泛舟誓金爲口所鑠葵竟足不衛卓哉都轉公一語抉蒙翳披雲始見天湔雪洵快事詞憐漱玉新圖愛打馬慧曠代有知已九原當破涕 鄉園憶舊錄

臨川樂元叔鈞撰歷下雜詩之一

奇絕芝芙夢裏情先教夫婿識才名一溪柳絮門前水猶作靑閨漱玉聲李易安故

宅在西門外柳絮泉上易安有漱玉集　靑芝山館詩集

長沙葉鞠裳昌熾藏書紀事詩　趙明誠德父　李淸照易安

不成部帙但平平漆室燈昏百感生安得歸來堂上坐放懷一笑茗甌傾藏書紀事詩

平原董書農芸詩　金石遺文憶故歡老隨兵舫渡江難香閨錯比明妃里柳絮泉頭李易安　新齊音

歷城范伯野坰詩　漱玉淸詞玉版箋易安居士有遺編遠齊道韞應無媿故宅猶稱柳絮泉　廣齊音

趙明誠守淄淸照積書數十萬卷金人南下淸照倉皇渡江書漸散失惟漱玉集行世王季木齊音云京期名跡此中稀剩水殘山感異時惟有女郎風雅在

又隨兵舫泣江蘺 崇禎歷城縣志述聞

易安武陵春其作於祭湖州以後歟悲深婉篤猶令人感伉儷之重葉文莊乃謂語言文字誠所謂不祥之具遺讖千古者矣不察之論也南康謝蘇潭方伯啓昆詠史詩云風鬟尚怯胥江冷雨泣應含杞婦悲回首靜治堂舊事翻茶校帖最相思措語得詩人忠厚之致 蓮子居詞話

漱玉集五卷宋女史李清照撰冷衷先生所輯者也案漱玉集原本久佚陳直齋書錄解題漱玉詞一卷又云別本五卷黄叔暘花菴詞選亦稱漱玉詞三卷宋史藝文志易安居士文集七卷（宋李格非女撰）又易安詞六卷蓋自宋元時已不能見其完本矣逮清乾隆間編纂四庫全書箸錄漱玉詞一卷乃采自毛氏汲古閣本爲詞僅十七首附以節文金石錄序一篇光緒間半塘老人四印齋本增輯至五十首與朱淑眞斷腸詞合刊爲近今所流傳者徒以據書較少尚覺遺漏冷衷先生鋭意蒐輯歷時數月引書至六七十種易安居士之詩文詞以及遺聞斷句靡不備於是編且根據諸書詳加校勘注其異同用備考覈并編年譜冠之卷首釐爲五卷仍題名爲漱玉集雖不能盡復舊觀然欲探討易安之詩文詞及遺事者得此亦可知其梗概矣癸亥重陽薩雪如識

泉城文庫

傳世典籍叢書

尚書大傳

儀禮鄭注句讀（上中下）

漱玉詞　漱玉集

稼軒詞疏證（上中下）

靈岩志（上下）

趵突泉志

齊乘（上下）

濟南金石志（上中下）